Philippe Horvat

La Montagne Crépuscule

AF132038

Philippe Horvat

La Montagne
Crépuscule

Ceux qui Sont Debout/2

www.ceux-qui-sont-debout.fr

Éditeur : BoD-Books on Demand, 12/14 rond point des Champs
Élysées, 75008 Paris, France
Impression : BoD-Books on Demand, Norderstedt, Allemagne

ISBN : 978-2-322-15696-2
© Philippe Horvat

Dépôt légal : mai 2017

Tous droits de reproduction, d'adaptation et de traduction, intégrale
ou partielle réservés pour tous pays.
L'auteur est seul propriétaire des droits et responsable du contenu de
ce livre.

à Fanfan

Avertissement

Ami lecteur, ce livre raconte les aventures de nos très lointains ancêtres, alors qu'ils étaient encore très primitifs, bien longtemps avant ceux qui ont peuplé, il y a trente mille ans, les cavernes d'Europe.

Ils n'étaient peut-être pas encore tout à fait des hommes, mais ils n'étaient plus des singes.

Ils ne connaissaient ni les silex taillés, ni le feu, ni le tannage des peaux. Ils ne savaient pas compter les jours, ils n'avaient pas de récipients pour transporter l'eau, pas de huttes, et leurs enfants ignoraient même qu'ils avaient un père.

Pourtant, ils parlaient avec des mots et des gestes, ils pensaient, ils ils aimaient et faisaient des projets.

Ils vivaient dans ce qui s'appelle aujourd'hui l'Ethiopie, il y a peut-être quatre millions d'années, deux millions d'années après que notre lignée se soit séparée de celle du chimpanzé.

Ils errent dans le paysage volcanique du rift est-africain, à la recherche de lacs poissonneux et d'abris sûrs.

Le roman La Montagne Crépuscule est basé sur la Théorie du Primate Aquatique. Celle-ci propose que, pour des raisons climatiques, nos ancêtres directs ont été, pour survivre, obligés de s'adapter à un milieu semi-aquatique, contrairement à leurs cousins chimpanzés qui sont restés dans la forêt.

La vie dans l'eau de créatures arboricoles les a fait acquérir la station debout, perdre leur pelage, apprendre à vocaliser pour mieux communiquer dans un milieu où les gestes et les postures sont inopérants.

Plus tard, ils ont reconquis la terre ferme et sont devenus… nous.

Le couchant

Guetteuse-d'Etoiles est assise en tailleur sur une grande pierre plate et lisse, encore tiède de la chaleur de l'après-midi. Comme chaque soir depuis presque une lune, elle a gravi, depuis la rivière qui alimente le lac jusqu'au sommet du promontoire, la pente raide dans le repli de terrain qui sinue, là où l'eau se précipite et cascade les jours d'orage.

Elle est là, silencieuse. Ses longs cheveux très noirs et ondulés tombent sur son visage, sur ses petites mamelles fermes à la peau douce et sombre et aux aréoles noires, jusque sur ses cuisses lisses et fuselées.

De son point d'observation, sur la corniche qui surplombe la petite vallée, les lacs et la rivière, elle goûte la douceur du soir, la caresse de l'air maintenant plus frais. Devant elle, dans la trouée entre les montagnes, au ras de l'horizon, le soleil déjà cramoisi s'enlise dans les trainées mauves et écarlates du couchant.

Elle reste complètement immobile, ses yeux mi-clos rivés sur la splendeur du spectacle vespéral. Elle parvient à entendre, en tendant bien l'oreille, dans le grand silence du soir, tout là-bas, en contrebas, très ténus, les cris de ceux de sa race, le Peuple-des-Pierres, qui s'interpellent au bord du lac. Ils s'attardent dans la tiédeur du soir, avant de rentrer, alors que gagne la pénombre, aux abris nichés dans la paroi, à mi-hauteur de la Montagne-qui-Gronde.

Derrière elle, déjà, la nuit s'épaissit, et l'ombre immense des montagnes baigne la vallée. Au fond de la large trouée encadrée par les hauteurs, le soleil, comme écrasé, étiré, agonise dans une nappe de lueurs sanglantes. Les premières étoiles s'allument, à commencer par La-Blanche-qui-Suit-le-Soleil, qui, au gré des lunaisons, s'abîme sur l'horizon après lui ou se lève au matin avant lui. Ce soir, elle brille presque sans scintiller, déjà au ras des collines, au-delà du Lac-Immense.

Du côté de sa main habile, la Montagne-qui-Gronde, couronnée de fumerolles vaporeuses, s'estompe déjà sur le ciel presque noir.

De l'autre côté, le cratère béant de l'autre montagne laisse peu à peu deviner, au fur et à mesure que gagne l'obscurité, la lueur brûlante de la lave dont la rougeur épaisse irradie les rochers environnants.

Guetteuse-d'Etoiles a choisi depuis longtemps cet observatoire parce qu'il lui offre un vaste panorama du monde qui lui est si familier, des lacs où elle est née, des abris de sa horde. Parce qu'aussi son altitude lui permet de voir le lac de lave de la montagne mystérieuse que seuls les jeunes téméraires et les anciens avisés vont, de temps en temps, visiter.

Sous elle, soudain, le sol tressaute brièvement, comme il arrive fréquemment depuis quelques lunes. Guetteuse-d'Etoiles, comme les autres parmi Ceux-qui-Sont-Debout, n'y prête plus guère attention. Au lever du soleil, ce même jour, la terre a déjà tremblé, et des cailloux ont dévalé les pentes de la Montagne-qui-Gronde, entrainant une avalanche de débris, jusqu'en contrebas des abris, dans les éboulis qui dominent le lac. Le nuage de poussières grises s'est ensuite effiloché dans le vent, et le calme est revenu, comme si rien ne s'était passé. Les habitants des grottes, un instant figés, ont repris leurs occupations, la pêche, le ramassage des racines, des noix, des fruits, la collecte des petits animaux dont ils se nourrissent.

Ce soir, le tressaillement de la montagne ne provoque aucun mouvement de terrain, juste un court instant de surprise et un vague malaise, vite dissipé.

Guetteuse-d'Etoiles n'a même pas bougé, ses paupières se sont brièvement baissées, comme pour accepter l'événement. Elle est restée avec ses mains posées à plat sur ses cuisses, la tête rejetée en arrière.

Le soleil a disparu maintenant, et seule subsiste une trainée plus claire qui ourle l'horizon, au fond de la Trouée.

La beauté de la voûte étoilée, comme chaque fois, remplit Guetteuse-d'Etoiles d'une profonde émotion, qui embue ses yeux en amandes, aux longs cils noirs. Après quelques clignements de paupières et quelques reniflements, elle pivote lentement sa tête d'un côté puis de l'autre, pour embrasser le spectacle grandiose au-dessus de l'horizon. C'est comme si elle entrait en elle-même, au point de percevoir d'une manière aiguë, presque avec surprise, les mouvements tranquilles de sa poitrine qui se soulève à chaque inspiration, et, au creux de son aine, le battement d'une grosse artère.

Le temps coule, le soleil a maintenant disparut derrière l'horizon, et la moiteur de la nuit, poussée par une petite brise, la fait se recroqueviller un peu.

En marmonnant, elle énumère en les pointant du doigt les Animaux-du-Ciel, les agencements d'étoiles qu'elle a inventés, qui dans son imagination dessinent les silhouettes d'animaux de son monde, qu'elle a nommés. Elle les a appris à Oeil-Bleu qui l'accompagne parfois dans ses nuits de veille sur le promontoire : L'Ecrevisse, Le Serpent, La Libellule …

Maintenant, la vallée est silencieuse. On n'entend même pas le croassement des batraciens tout en-bas au bord du lac, entre les roseaux, dont le tintamarre lancinant remplit parfois le soir, lorsqu'on est au bord de l'eau.

Elle est sereine et rêveuse, car les prédateurs ne viennent pas sur ce rocher désolé difficile d'accès. Ses pensées vagabondent, et elle songe à Oeil-Bleu, son ami, ainsi qu'à ce jeune mâle entrevu il y a quelques lunes parmi Ceux-qui-Sont-Debout. Ils étaient venus échanger du sel contre les Galets-qui-Tranchent ramassés par la horde dans des recoins de la montagne gardés secrets.

Au-dessus d'elle, lentement, très lentement, le ciel étoilé pivote autour d'un moyeu mystérieux et invisible juste au-dessus des collines, du côté de la Montagne-qui-Gronde, comme le ferait une immense plaque d'ardoise noire sertie de petits, tous petits cristaux de quartz étincelants. Des étoiles disparaissent derrière l'horizon, là où le soleil a plongé, tandis que d'autres se lèvent derrière Guetteuse-d'Etoiles, du côté des Montagnes-Inconnues.

Au petit matin, encore rêveuse, elle rentrera à la grande grotte de la Montagne-qui-Gronde, à l'heure où les autres se réveilleront et iront boire à la rivière. Quand le soleil se sera arraché à l'horizon et escaladera le ciel, elle racontera aux anciennes, avant d'aller dormir à son tour, ce qu'elle a vu dans les astres. Elle leur dira ce que lui ont dit, dans le secret de l'obscurité, ceux du Peuple-des-Pierres disparus depuis longtemps, et ceux dévorés par les fauves.

Les vieilles hocheront la tête, comme si elles savaient déjà tout cela. Elle lui donneront à manger, des fruits et du poisson collectés par la horde, en échange des pensées qu'elle rapporte des mystères de la nuit.

Là, maintenant, dans le noir, le cratère rougeoie, comme l'oeil immense d'un pachyderme, comme une blessure sanglante sur la peau noire d'un de Ceux-qui-Sont-Debout, comme un soleil qui ne finit pas de se coucher.

C'est la Montagne-Crépuscule.

L'arrivée sur la côte

Marche-Loin est déjà venu sur la côte pour collecter le sel. Plusieurs fois. Il ne sait plus combien de fois. Comme tous les siens, le Peuple-du-Sel, il ne sait pas compter les choses. Il ne sait plus quand. Il ne sait pas compter le temps. Tout au long de la longue, longue route, dans la vallée parfois immense, souvent encaissée, qui fend le grand plateau, il a cheminé avec ses quelques compagnons. Le chapelet des nombreux lacs que relie la rivière que la petite bande termine de descendre est déjà très loin, et Ceux-du-Lac-de-la-Tourbière, qu'ils ont quittés naguère, dans les abris nichés entre les collines, ne sont plus qu'un souvenir.

Il se remémore toutefois avec joie et nostalgie le soir avant leur départ, lorsqu'ils ont épuisé toute la réserve de Fruits-qui-Font-Rire avant même que le soleil ne se couche, au grand mécontentement de Tape-le-Bois. Marche-Loin, titubant, le geste imprécis, a entraîné par la taille Jolies-Fesses jusqu'aux amas de fougères sèches entassées au fond de l'abri. Il se souvient, dans la lueur rougeâtre du soir, de son visage rieur, de ses dents pointues, de ses belles mamelles fermes, et de ses petites mains sur lui.

Depuis, lui et ses compagnons de voyage ont beaucoup marché, ils ont beaucoup nagé, en se laissant souvent emporter par le courant, lorsqu'il n'est pas trop vif, en s'arrêtant le soir sur des îlots au milieu du cours d'eau, ou dans les creux que les flots ont creusés dans les berges meubles.

Ils ont eu peur, ils ont eu chaud, et soif. Parfois faim, lorsque les rives étaient arides et la rivière trop rapide pour pouvoir y pêcher.

Ils ont échappé aux prédateurs, sans déplorer ni morts ni blessés. Un soir ils ont de justesse, en plongeant du haut d'un talus instable dans les rapides qui les ont aussitôt précipités dans le défilé, échappé à un couple de dinofelis. Les fauves sont restés à tournoyer sur la crête en feulant sourdement, leurs crocs découverts et leur museau froncé, sans oser les suivre dans l'eau.

Ils ont souffert, ils ont beaucoup peiné. Ils savent cependant que le retour sera plus difficile encore, car il faudra remonter le courant, chargés de ce qu'il viennent chercher sur la côte.

Là, maintenant, en tête de la petite bande qui amorce le dernier tronçon de la rivière qui descend vers les salines, Marche-Loin sourit tout seul, dans le vide, au souvenir de Jolies-Fesses.

Depuis la veille déjà, l'excitation monte parmi ses compagnons, car ils savent, ils sentent que le terme du voyage est proche. Le vent leur a porté les senteurs iodées de la mer, et déjà, quelques oiseaux blancs et noirs, aux ailes en croissant, remontent et redescendent le courant, au ras de l'eau.

Que vont-ils découvrir ? Le Bègue, resté là-haut dans les montagnes, dans le grand abri du Lac-des-Sources, raconte en chevrotant et en agitant sa main décharnée, que lorsqu'il était descendu à la mer, il y a de très très nombreuses lunes, quand ses pieds étaient encore agiles et ses bras vigoureux, la presqu'île aux oiseaux étaient encore isolée une partie du jour, lorsque les flots sont au plus haut. On ne pouvait alors l'atteindre qu'en barbotant dans l'eau sale chargée d'algues pourrissantes et de débris.

Marche-Loin, depuis qu'il vient sur la côte, n'a jamais eu à se mouiller les pieds pour atteindre le rocher à la pointe de la presqu'île, là où il aime se percher pour contempler l'horizon, ou fouiner à la recherche des rares oeufs que les oiseaux blancs pondent encore sur les corniches.

Depuis des générations, en effet, très lentement, inexorablement, la mer se retire, laissant des étendues de sable parsemées de coquillages cassés, de carapaces de crabes environnées de mouches, des croûtes de sel gris.

Les anciens disent que les anciens de leurs anciens racontaient que jadis, il y a un nombre de générations qu'ils sont incapables d'appréhender, les animaux étaient innombrables sur la côte, les oiseaux volaient en nuées, les poissons pouvaient être attrapés à la main, et que la nourriture était facile. Alors, Ceux-qui-Sont-Debout étaient nombreuses sur la côte, et ils avaient fait alliance avec des bêtes de la mer.

Depuis, la désolation s'est abattue sur le littoral et le Peuple-du-Sel a dû remonter la rivière pour ne pas périr.

La petite troupe progresse le long du courant qui serpente dans la forêt. De gros oiseaux bruyants sautillent dans les branches, défèquent des giclées blanchâtres dont l'une, atterrissant sur l'épaule de Marche-Loin, l'arrache à sa rêverie. Derrière lui, Grands-Yeux ricane, visiblement amusé par l'incident. Marche-Loin, sans interrompre sa marche sur la grève boueuse, lui jette un regard noir.

Les voilà arrivés à l'endroit où le ruisseau rejoint le cours principal. Ils traversent sur des pierres émergées et remontent le petit cours d'eau qui chante entre les fougères. Plus haut, dans une boucle, la grève caillouteuse et le lit plus profond permettent de boire aisément. Ils s'arrêtent donc quelques instants. Assis sur leurs talons, les voilà qui écopent de l'eau claire de leurs mains noires aux doigts palmés de peau ridée, et la boivent goulument, dans des grands bruits de déglutition. Ils savent que plus bas, sur la grève, l'eau sera imbuvable et qu'il leur faudra revenir ici lorsqu'ils auront soif.

La petite troupe échange quelques mots gutturaux de leur langue sommaire, ponctués de gesticulations véhémentes. Marche-Loin enjoint les plus jeunes mâles, Crache-Noyaux et Grands-Yeux, d'être prudents : L'eau de la mer est sauvage, elle se précipite sur les rochers beaucoup plus fort que les pires rapides de la rivière. Elle est peuplée de bêtes voraces qui nagent mieux et plus vite que Ceux-qui-Sont-Debout. Elles sont armées de dents aussi acérées que celles des crocodiles du Lac-Tordu. Grands-Yeux sourit, vaguement incrédule, tandis que Crache-Noyaux hoche la tête en baissant le regard.

Les épaules de Marche-Loin se soulèvent puis s'abaissent. Ils verront bien.

Il reprennent alors leur progression, et la rumeur de la mer qu'ils entendent depuis le jour d'avant enfle progressivement. Maintenant, ils perçoivent par moment des clameurs sourdes comme les coups de tonnerre qui les ont terrorisés, les nuits d'orages dans la montagne, quand le ciel se déchire et que le vacarme réverbère entre les sommets.

Mais Marche-Loin poursuit sa route, résolument. Grands-Yeux ne sourit plus, il jette des regards de tous côtés. La petite troupe s'écarte maintenant du ruisseau, du côté de la main malhabile. La forêt fait place à un terrain plus rocheux. Une vague piste environnée de buissons remonte vers une arête découpée qui se profile en oblique, devant eux. En s'agrippant de la main aux arbustes tordus et aux herbes coriaces, ils montent progressivement au flanc du promontoire rocheux. Un vent piquant éparpille leurs longs cheveux noirs emmêlés.

Soudain des exclamations fusent derrière Marche-Loin, qui s'arrête et se retourne. Les autres se sont figés, et leurs regards se tournent vers l'horizon. Juste visible dans une échancrure de rochers, ils aperçoivent une vaste étendue d'eau, d'un bleu verdâtre, agitée de vagues bien plus hautes que celles qui parcourent les lacs les soirs de tempête.

Ils restent un moment rivés sur place, une main en visière au-dessus de leurs épais sourcils. Aucun ne parle.

La surprise passée, les voilà qui s'avancent à découvert, fouettés par le vent, jusqu'à l'extrémité du promontoire rocheux qu'ils ont gravi. La roche sombre, presque dépourvue de végétation est cependant marbrée de lichens jaunes et gris, comme des croûtes desséchées sur une peau blessée. Devant eux, en contrebas, une crique s'étend jusqu'à une presqu'île de roches noires maculées de trainées verticales blanchâtres. La mer se précipite sur les étroites grèves de galets, projetant très haut des paquets d'eau écumante.

Les coups de la mer sur le rocher, en contrebas, qui résonnent inlassablement, leur font penser aux grands archeopotamus mâles, lorsqu'ils joutent pour la possessions des femelles. Les chocs des grands animaux lacustres, obèses et puissants, quand, à demi immergés, ils se précipitent violemment l'un contre l'autre, au bord du Grand-Lac, résonnent pareillement entre les collines.

Les voyageurs restent longtemps là, assis ou accroupis sur les rochers, chétifs devant toute cette puissance, leur longue chevelure répandue en désordre sur leur visage et leurs épaules par la brise.

En eux monte progressivement quelque chose de très fort, de très ancien, de très prégnant, qui les envahit d'une émotion profonde et archaïque, comme si chacun d'eux avait, enfoui au fond de lui-même, jusqu'alors inconnue, la nostalgie de ce monde sauvage et immense.

La Grotte-des-Anciens

Ils restent un long moment comme cela, absorbés par l'espace, l'odeur, le bruit du ressac, et le manège des oiseaux blancs et noirs qui filent, sans parfois même remuer leurs ailes, entre les arêtes acérées des rochers.

Le premier, encore, Marche-Loin se secoue, comme s'il s'extrayait d'un rêve éveillé, se redresse, pousse du pied Peau-Grêlée, assise à côté de lui : Il est temps de poursuivre, le jour va décliner bientôt.

Elle lève vers lui un regard surpris, un peu égaré, mais se met lentement debout, en invitant de la main Crache-Noyaux accroupi un peu plus haut.

Ils s'extirpent un à un de la contemplation de la mer et suivent Marche-Loin qui les mène dans les rochers, jusqu'à la bouche surbaissée, dissimulée pas des arbustes tordus, d'une grotte qui bée comme un gigantesque oeil noir dans la lumière encore aveuglante du jour.

Ils se regroupent sur la petite plateforme devant l'abri, entre les branches noueuses des buissons, et plongent leur regard dans les entrailles du repaire. Ils sont obligés de s'avancer pour que leur vision s'accoutume à l'ombre épaisse, et pour pouvoir découvrir le sol de pierres plates et le plafond bas, et plus loin des amas de feuillages et de fougères poussiéreux. Dans des recoins, des niches, des galets remarquables par leur forme et leur couleur sont regroupés, alignés ou placés en rond.

Les voilà tous à l'intérieur, qui avancent encore, la tête baissée pour ne pas se cogner, une main sur la paroi, l'autre quémandant le contact rassurant de celui qui le précède. Au fond de l'abri, lorsque leurs yeux ont pu s'adapter à l'indigence de la lumière, ils distinguent quelques os tous secs. Ils témoignent de Ceux-qui-Sont-Debout qui, il y a de nombreuses générations, les ont précédés ici et y sont morts. Sur une petite corniche qui court le long de la paroi, à peine discernables dans l'obscurité, plusieurs crânes édentés à la mâchoire manquante témoignent de l'ancienneté du lieu. Comme un parfum d'éternité se dégage de la vieille grotte. Ils sentent, tout au fond d'eux-mêmes, que cet endroit est le leur, celui de leur origine.

Ils finissent enfin par ressortir les uns après les autres de l'abri, Grands-Yeux le premier, soulagé et gêné, pour aspirer profondément l'air vif. Ils se mettent maintenant tous à vocaliser en même temps, à rire, à parler fort, à gesticuler, comme si une chape de silence s'était levée.

Les regard se tournent à nouveau vers le panorama qui s'étale devant eux. Ils distinguent, d'où ils se trouvent, une île qui barre l'ouverture de la crique, et au-delà, la pleine mer. Au loin, l'horizon est diffus, et la limite entre le ciel et l'eau disparait dans une brume incertaine. Le soleil qui s'abaisse sur l'horizon, derrière eux, découpe l'ombre majestueuse du promontoire, qui enveloppe les flots à leurs pieds.

Un à un, ils prennent conscience de ce qu'il ont faim. Très faim. Des regards interrogateurs se tournent vers Marche-Loin, ainsi que vers Joue-Fendue, qui sont déjà venus au bord de la mer, naguère. Joue-Fendue, du geste machinal qui lui est coutumier quand elle est interpellée, prend ses deux mamelles dans ses mains et regarde le ciel. Puis, avec un petit sourire, elle croise le regard de Marche-Loin et ils hochent tous deux les épaules de l'air amusé de ceux qui réservent à leurs compagnons une bonne surprise.

Les voilà qui tous deux descendent précautionneusement le rocher, du côté opposé à celui qu'ils ont emprunté pour monter, vers l'ouverture de la crique. Les autres les suivent, sans comprendre : La forêt est de l'autre côté, derrière eux. Où trouveront-ils, de ce côté, dans la désolation des roches nues, des fruits, des racines, des petits animaux ? Veulent-ils les entraîner dans ces vagues tumultueuses ?

Après une lente descente le long d'une grande crevasse, jusqu'au niveau de l'eau, où les pierres énormes sont gluantes d'algues, ils se regroupent enfin. Joue-Fendue mène Ceux-qui-Sont-Debout dans un dédale de rochers émergés, de mares d'eau grouillante de bestioles, de lits de goémon. Elle se baisse, détache avec une caillou pointue des mollusques cramponnés à la pierre, puis écarte les coquilles en faisant levier. Elle en examine un instant l'intérieur, et gobe avec délectation la chair visqueuse. Ses yeux brillent de plaisir. Des souvenirs de festins remontent à sa mémoire. La chair qu'elle trouve délicieuse est salée, comme l'est la chair des animaux chassés par la horde qu'ils ont laissée dans les montagnes, lorsque, luxe inouï, elle est saupoudrée du sel rapporté à grand-peine vers les lacs par des voyageurs.

Marche-Loin quant à lui a déniché dans une mare ce qui ressemble à une très grande écrevisse, au corps trapu, et qui agite et entr'ouvre des pinces énormes. Il la brandit en riant devant le visage de Grands-Yeux, qui recule. Il écrase ensuite la carapace et les pattes sous une lourd caillou, plonge ses ongles dans la bête désarticulée, tire la chair, la mâchouille, lèche se doigts.

Les autres de la bande les regardent, éberlués. Regardent encore. Puis un à un ils s'enhardissent, goûtent la nourriture étrange et salée, et… l'aiment. Comme un mets oublié et retrouvé, un souvenir d'une enfance effacée.

Quelques crabes y perdent la vie, ainsi que de nombreux coquillages. Les poissons trouvés prisonniers de mares d'eau sale sont assommés et déchirés entre des dents aigües. Tandis qu'ils mangent de bon appétit, la marée remonte lentement, noie les creux de sable, lèche les pierres tout à l'heure émergées. Les voyageurs battent alors progressivement en retraite, car il est malaisé de nager entre les rochers, dans trop peu d'eau, lorsque le ressac vous bouscule. La plus distraite, Peau-Grêlée, s'aperçoit soudain que les autres sont déjà au pied de la paroi, alors qu'elle a de l'eau jusqu'aux genoux. Elle les rejoint dans des éclaboussures.

Ce n'est que plus haut, près de l'abri, après une ascension rendue plus laborieuse encore par les estomacs pleins, qu'ils prennent tous conscience de leur lassitude.

Ils s'affalent alors les uns contre les autres, le dos à la paroi, sans un mot, sans un geste, le regard dans le vide.

L'ombre du promontoire s'allonge maintenant démesurément sur la mer, et face à eux, la presqu'île est baignée d'une lumière orangée.

L'air fraîchit et l'ombre gagne. On entend au loin, par-dessus le bruit du ressac, les cris des singes, en contrebas dans la forêt, qui s'éteignent graduellement avec la lumière qui décline.

Serrés dans l'abri encore tiède, doucement ils s'assoupissent.

Cette nuit, Ceux-qui-Sont-Debout sont trop fatigués pour s'accoupler.

La mer

La saline de la dune

La Grande Dune

La rivière

La Mangrove

Le ruisseau

Le promontoire

La petite saline

La grève

La presqu'île aux oiseaux

La grande saline

Les salines

Au matin, la caverne est inondée des rayons du soleil qui émerge, dans une splendeur cramoisie, sur l'horizon lointain. Réveillée et rameutée sur la plateforme par les exclamations d'extase de Peau-Grêlée, la bande contemple en silence le levant. Au-delà de la petite île assise dans la crique, au-dessus de la crête de la presqu'île aux oiseaux, tout là-bas, là où le ciel et la mer se touchent, les trainées vermillon s'estompent dans les embruns.

Bientôt il leur devient insupportable de fixer le soleil, qui monte au-dessus de la mer, et se dégage graduellement de la brume des lointains.

Ils s'arrachent les uns après les autres au spectacle, pour aller se soulager dans les fourrés en contrebas, et boire au ruisseau.

En furetant dans les environs de la grotte, ils découvrent plusieurs autres abris, plus petits. Les alignements de pierres et les ossements accumulés montrent que ces grottes ont été habitées elles aussi.

Un peu plus tard Marche-Loin et Joue-Fendue invitent leurs compagnons à descendre vers la crique. Lorsqu'ils sont tous regroupés, des regards interrogateurs se lèvent vers les deux leaders qui échangent un bref regard et partent vers le ruisseau.

La petite troupe les suit. Ils abordent bientôt une étendue presque sans végétation, plate, sèche, de sable sale entrecoupé de pierres couvertes de lichen. Des débris de coquillages jonchent le sol, des branches sèches. Partout, dans les creux, des dépôts de sel gris, des croûtes, des trainées friables de cristaux humides. Quelques ossements, quelques grosses arêtes de poissons racornies.

Grands-Yeux, dont le pied est crevassé depuis qu'il a marché sur un coquillage brisé au bord tranchant, grimace à la morsure du sel dans sa blessure. Il poursuit toutefois, d'un air crâne.

Les voilà au milieu de la saline, à contempler ce qu'ils sont venus chercher de si loin. Ils s'accroupissent, prennent le sel à pleines mains, le fond couler en pluie sur le sol, sur leur tête. Ils rient. Peau-Grêlée, droite, lève ses deux mains en coupe, pleines de sel, dans la lumière. Elle ne détache pas ses yeux de son trésor. Puis après un long moment, elle goûte, elle lèche, jusqu'à l'écoeurement. Tous l'imitent.

Menés par Marche-Loin, ils finissent par se détourner de la contemplation de la petite saline, et reviennent au ruisseau pour s'y abreuver. Dans les alentours, les marcheurs glanent quelques fruits oubliés par les singes, déterrent des racines succulentes avec des bâtons arrachés dans les buissons, ramassent des insectes. Ils passent les heures chaudes dans l'ombre des arbres, perchés dans les branches pour se mettre à l'abri des fauves qui ne grimpent pas.

Lorsque la brise du soir leur permet à nouveau de rester à découvert sans souffrir de la chaleur, Joue-Fendue et Marche-Loin emmènent la petite troupe, en longeant la grève de galets et de sable grossier, de l'autre côté de la crique. Une vaste saline les y attend, au sol plus étal, strié de bandes de sable gris et de sel humide. Cette fois, rassasiés de tout le sel déjà avalé, qui dessèche la gorge et assoiffe, ils se contentent de regarder, émerveillés, cette richesse étalée, dont ils espèrent emporter le plus possible vers leurs hordes, là-bas où la nourriture est si fade.

La journée se termine à casser les noix que Longues-Mains a ramassées sur le chemin du retour vers la grotte. Cette nuit, dans la grotte rassurante, où plane encore le souvenir des anciens, ils palabrent encore longtemps, l'esprit plein des découvertes de la journée. Leurs dialogues sont longs, hésitants, parsemés d'imprécisions et de quiproquos, car leurs mots sont rares, simples et imprécis, et l'obscurité les prive de la riche expression gestuelle qui, en pleine lumière, complèterait leurs échanges. Les postures, les mimiques qui sont spontanément et involontairement prises, même dans le noir, et qui confirment, enrichissent et complètent leurs mots, sont perdues pour l'interlocuteur.

Pour eux, se faire comprendre sans se voir est un défi, qui mobilise leur esprit, leur imagination, leurs ressources. Certain y excellent, d'autres, au fond de l'abri, frustrés de ne pas savoir s'exprimer efficacement, s'impatientent, grognent et crient, ou encore se retranchent dans un recoin pour bouder silencieusement.

Peu à peu, cependant, les mots s'espacent, et un à un, ils se retirent dans les alvéoles de la paroi où sont étalées les brassées de feuillage et de fougères poussiéreuses, désagrégées par de si nombreuses lunes écoulées depuis que des mains, mortes depuis longtemps, les ont arrachées et apportées dans l'abri.

Cette nuit encore, ils sont trop las pour s'étreindre et jouir les uns des autres. Même Grands-Yeux, souvent si fébrile auprès des jeunes femelles, se pelotonne dans un recoin et s'endort en ronflant bruyamment.

Le matin qui étire les rayons du soleil nouveau jusqu'au fond de la première salle de l'abri, trouve Grands-Yeux éternuant, ses yeux larmoyants. Il est assis, la tête entre les mains, ses doigts en peignes dans ses cheveux ébouriffés. Son grand nez coule.

Joue-Fendue qui s'approche de lui hoche sa tête d'un air entendu, l'écarte d'une main ferme, saisit une large brassée de la couche desséchée qui éparpille sur le sol des brindilles pulvérulentes, s'avance dans la lumière du matin et résolument, précipite son chargement dehors, dans l'éboulis en contrebas. La brise du matin s'en empare et éparpille la poussière sur les rochers. Grands-Yeux qui l'a suivi, ses paupières mi-closes sur ses yeux brillants de larmes, dans le soleil aveuglant du matin, la regarde faire, puis comprend. Bientôt le voilà qui débarrasse le reste des végétaux séchés et qui descend, en contre-bas, à la lisière de la forêt, en quête de fougères fraîches et odorantes.

Après quelques jours passés à se reposer et à parcourir les environs, les ressources alimentaires de la côte s'épuisent. Ils ont déjà prospecté presque toutes les grèves alentour, et les endroits qu'ils ont déjà ratissés n'offrent plus, à leur passage suivant, que quelques coquillages et quelques crabes égarés.

La petite mangrove est rapidement dépouillée des fruits mûrs qu'elle recelait, et le ramassage de végétaux comestibles les emmènent chaque jour plus loin du promontoire. Ils sentent maintenant la nécessité de récolter le sel, de trouver des peaux d'animaux pour le contenir, afin de pouvoir au plus vite reprendre le long chemin de retour vers les lacs.

Un soir où la maigre récolte du jour à laissé les estomacs gargouiller de faim, Ils décident de préparer leur départ.

Le matin suivant se passe à explorer les environs, à repérer les animaux qui pourraient fournir les peaux indispensables au transport du sel, à trainer sur les grèves à la recherche des derniers coquillages nourrissants, à visiter la mangrove un peu plus loin, du côté du promontoire opposé à la petite saline. Ils y trouvent, à chaque visite, confusément, comme un souvenir enfoui qu'ils ne parviennent pas à faire remonter dans leur conscience, le bien-être d'un lieu familier, étrangement rassurant, où les arbres tordus plongent leurs racines multiples dans un clapotis d'eau sombre et odorante. Dans les branches couvertes de mousses et de lianes, des oiseaux sautillent ou volètent, et il y grouille une faune de petites bêtes.

Joue-Fendue et Marche-Loin, qui sont déjà venus naguère avec d'autres collecteurs de sel, prennent le temps de faire découvrir à leurs compagnons d'aujourd'hui, malgré la disette qui menace, ce monde qui leur est inconnu. Inconnu, mais en même temps, à leur étonnement, si bizarrement agréable et accueillant. Comme si, du fond de leur race, ce lieu les appelle.

En dépit de l'inquiétude pour sa subsistance, la petite troupe se précipite avec des rires et des cris dans les ressacs, sur la grève au pied du promontoire, là où une étroite plage de graviers permet l'accès facile à l'eau.

Ceux parmi eux qui n'ont connu que l'eau douce et tranquille des lacs découvrent l'écume et le sel, le mouvement incessant des vagues, la facilité de nager dans un flot mouvant qui vous porte.

C'est avec volupté qu'ils évoluent entre les longs filaments d'algues qui caressent leurs cuisses. Joue-Fendue leur montre qu'en plongeant vers les anfractuosités du fond il est parfois possible d'y trouver quelques moules, qu'on peut détacher, d'un coup de poignet énergique, au moyen d'un galet brisé.

Puis ils s'aventurent ensemble jusqu'à l'île qui barre la crique, prennent pied sur les rochers gluants. Devant eux, des roches noires sont striées des déjections pâles des oiseaux qui nichent plus haut, sur les étroites corniches de la paroi. Joue-Fendue monte le long d'une fissure pour atteindre un nid, s'y arrête un instant, puis jette aux autres en contrebas deux oeufs gris. Peau-Grêlée en attrape souplement un, sans le briser, alors que Grands-Yeux, ses mains gluantes de l'autre oeuf éclaté, l'air penaud, se lèche les doigts. Des regards amusés s'échangent. Les voici tous maintenant à escalader les rochers, à briser les quelques trop rares oeufs qu'ils découvrent, à divers stades de couvaison, et à les manger avidement. Rapidement importunés par les oiseaux qui les serrent de près, criaillent, virevoltent, ils regagnent l'eau pour rejoindre la côte. Ils abordent aisément, sans que les bêtes épouvantables aux dents dévorantes que Marche-Loin a évoquées ne les assaillent.

Avant le soir, Ceux-qui-Sont-Debout explorent la grande dune de l'autre côté de la mangrove, et découvrent la vaste saline qui l'entoure.

L'ambition de rapporter beaucoup de sel, gage de prestige lors de leur retour dans les collines, leur fait sentir, encore et encore, la nécessité aiguë de trouver des peaux et des coquillages pour le contenir.

Les peaux et les conques

Joue-Fendue arpente la grève de la Presqu'île-aux-Oiseaux, fouine dans les recoins de rochers à la recherche de coquillages vides de taille suffisante et en bon état pour contenir le sel que la bande veut rapporter vers les collines. Il leur faudra remplir les coquilles vides en colimaçon, patiemment, puis les obturer avec un bouchon de mousse sèche bien tassée. Pour pouvoir remonter la rivière avec leur chargement, ils devront transporter les coquillages de sel dans les peaux de bêtes dépecées sur la côte. Si tout se passe bien et si le voyage est assez rapide, ils pourront acheminer le sel jusqu'aux abris de leur peuple avant que les sacs improvisés ne pourrissent. Sinon, il leur faudra trouver d'autres peaux en chemin.

Joue-Fendue est inquiète : Les singes qu'ils espéraient pouvoir capturer dans la mangrove se sont dispersés, et la bande n'a trouvé aucune bête de taille suffisante dans la forêt.

Le lendemain cependant Grands-Yeux découvre dans la forêt, non loin du ruisseau, une compagnie de kolpochoerus en train de fouiller de leur groin l'humus entre les racines d'un grand arbre, à la recherche de champignons et d'insectes, de racines et de noix tombées.

Grands-Yeux rameute silencieusement le reste de son groupe qui, en respectant une distance prudente, cerne les gros animaux trapus. Un grand mâle hirsute, aux canines jaunâtres pointant de part et d'autre de son groin mobile, finit par lever sa tête massive, à humer l'air, et à explorer de ses petits yeux noirs et mobiles les arbres autour de lui. Son inquiétude est immédiatement perçue par ses congénères qui se regroupent, grognent, grattent le sol.

Bientôt les kolpochoerus se mettent en marche vers l'amont du ruisseau, les deux femelles regroupant entre leurs pattes leurs petits, les mâles ouvrant et fermant la colonne.

Grand-Yeux et ses compagnons se réfugient dans les arbres, hors de portée des canines acérées des animaux qui n'hésiteraient pas à charger s'ils s'interposaient. Sans pierres pour lapider les kolpochoerus, sans bâtons pour se défendre, les chasseurs impuissants voient disparaître dans les fourrés un trésor de viande appétissante, et les peaux solides dont ils auraient besoin pour contenir le sel qu'ils ont trouvé en si grande abondance, mais qu'ils ne peuvent transporter dans leurs mains nues.

Les kolpochoerus partis, la bande se regroupe autour de Joue-Fendue et de Marche-Loin.

Leur faudra-t-il chercher au loin les peaux dont ils ont tant besoin ?

Plus tard dans la journée, assise sur un rocher face à la mer, quelques beaux coquillages vides amassés à ses pieds, Joue-Fendue laisse son regard errer vers les îles.

Celle qui prolonge la presqu'île, vaste et basse, est surmontée de quelques rochers noirs qui dominent une large grève où les vagues, dans une succession inlassable, viennent se briser. Des formes étalées sur les galets attirent l'attention de Joue-Fendue, qui se prend à les observer longuement. Auraient-elles bougé ? Les yeux plissés dans la grande lumière, elle fixe intensément l'île battue par la mer.

Soudain fébrile, elle se redresse, crie, appelle, vocifère... Ses compagnons éparpillés à la recherche de coquillages accourent. Il n'y a plus de doutes, sur l'île, des Bêtes-de-l'Eau se sont échouées. De la viande, de la graisse, et.... des peaux.

Les voilà tous dans les vagues, qui nagent vivement vers leurs proies, sans porter attention aux dangers qui peuvent surgir du large. Lorsqu'ils prennent pied dans les galets, là ou le ressac contrarie leur marche et les fait tituber, les animaux marins sont toujours là. Plusieurs sont déjà inertes, masses brunes affalées sur le sol, longues comme le serait l'un des voyageurs étendu à côté d'elles. La plus proche tourne une tête moustachue vers les chasseurs et agite faiblement ses nageoires. Sa respiration est laborieuse, ses yeux ronds pleurent.

Sans même avoir besoin de se concerter, Marche-Loin, Joue-Fendue, Peau-Grêlée et les autres s'éparpillent à la recherche de lourds galets. L'animal encore vivant est promptement, méthodiquement lapidé. Il essaie dans un ultime sursaut de s'échapper, puis après quelques soubresauts s'éteint.

Les autres proies sont examinées, celle qui respirent encore sont achevées à coups de pierres.

Les voilà à contempler leur tableau de chasse, et à réaliser qu'il leur reste à dépecer les animaux, avant que la mer ne remonte et que les oiseaux qui tournoient déjà ne viennent prélever des lambeaux de chair.

Ils se sentent d'un coup très démunis, mais ne tardent pourtant pas à se jeter dans l'action. Crache-Noyaux entreprend de briser des galets en les pilonnant au moyens d'une grosse pierre brandie à bout de bras. Quelques éclats sont utilisables, et fournissent des arêtes suffisamment acérées pour trancher, en y mettant beaucoup d'énergie, la peau épaisse des Bêtes-de-l'Eau. Tandis que la bande s'affaire autour des animaux, s'arc-boute pour les retourner, Crache-Noyaux continue à éclater des galets pour fournir des outils, au fur et à mesure que ceux qu'il a fournis se cassent, s'ébrèchent ou s'émoussent.

Les vagues lèchent maintenant les formes étalées et le sang coule en filets écarlates jusqu'entre les algues apportées par la précédente marée. Petit à petit, les dépeceurs détachent les peaux épaisses auxquelles adhère une couche de graisse grise et flageolante, qu'ils coupent et raclent, avant de la jeter aux oiseaux qui s'enhardissent et viennent jusqu'entre leurs jambes grappiller des morceaux de viande.

La journée avance, et ils sont bientôt obligés de trainer péniblement les dépouilles plus haut sur les galets, pour les soustraire à la mer qui monte inexorablement.

Marche-Loin se prend à regretter qu'ils n'aient pas apporté dans leur voyage des Galets-qui-Tranchent, que les siens troquent avec le Peuple-des-Pierres, là-bas dans les montagnes, contre du sel ou des Champignons-du-Rêve. Le besogne serait déjà achevée et ils auraient depuis longtemps pu rejoindre la côte.

Les peaux sont enfin arrachées des carcasses, lavées dans le ressac et remontées plus haut sur les rochers. Les chasseurs éventrent enfin les corps sanguinolents pour en extraire les foies tièdes, qui sont, sur-le-champ, dévorés avec délectation.

Assis côte à côte, face aux carcasses couvertes d'oiseaux de mer qui crient et se disputent, Ceux-qui-Sont-Debout se concertent. Il est trop dangereux d'essayer de traverser maintenant. Dans les vagues, tout près des derniers rochers qui affleurent, les ailerons des Poissons-Dévorants, attirés par le sang répandu dans les flots, apparaissent et disparaissent.

Il leur faut se réfugier ce soir dans les rochers, plus haut sur l'île, trouver un recoin abrité, s'y rassembler avec les peaux si chèrement gagnées, et attendre le matin. Les prédateurs se seront dispersés, les nageurs seront reposés.

Leur repaire improvisé est humide, inconfortable et exigu, mais la proximité des compagnons est rassurante. Et il ne pleut pas. Les oiseaux se sont tus, et seule la rumeur inlassable des vagues et le souffle du vent se font encore entendre.

Ils serrent contre eux les peaux encore gluantes mais si précieuses, et finissent par s'endormir d'un mauvais sommeil.

Ce sont les cris des oiseaux qui les réveillent dès les premières lueurs de l'aube. Durant la nuit, la marée a fini de monter et est redescendue. Les carcasses écorchées ont été submergées par les vagues, et visitées par les bêtes de la nuit. La mer a lessivé le sang, et ne subsistent sur la grève que des cages thoraciques béantes et des os épars, des pans de peaux et de ligaments, des viscères blêmes éventrés.

Marche-Loin et ses compagnons scrutent la mer. Ils n'aperçoivent aucune trace des Poissons-Dévorants. La surface des flots est vide de tout aileron menaçant.

Ils se dépêchent donc, sans un mot échangé, de se mettre à l'eau, car, ne pouvant trouver d'eau douce sur l'île, il leur faut traverser le bras de mer qui la sépare de la côte avant la lourde chaleur du jour.

En poussant les peaux roulées en ballots devant eux, ils nagent prestement, en file indienne, jusqu'à la presqu'île. Ils abordent sans encombre, soulagés de se retrouver sains et saufs, et hissent hors de portée des vagues les dépouilles dégoulinantes, alourdies d'eau de mer.

Le soleil est encore bas. Après être allés se désaltérer au ruisseau et avoir mangé quelques limaces et quelques rares fruits arrachés en passant dans la forêt, ils s'empressent, sur les instructions de Joue-Fendue, de transporter les peaux jusqu'à la petite saline, de les frotter de sel et de sable, et de les étaler au soleil, afin de ralentir leur pourrissement.

La collecte des coquillages se poursuit. Peau-Grêlée, Crache-Noyaux, Grand-Yeux et les autres ratissent les rochers, les recoins où la mer n'accède qu'aux jours de tempête, les mares. Ils ne conservent que les coquillages propres, solides, suffisamment grands. Ils les transportent dans leurs bras repliés en corbeille, jusqu'à un recoin sec au pied du promontoire. Les peaux, quant à elles, ont été transportées jusque dans la grotte, pour les soustraire aux animaux qui pourraient, malgré le sel dont ils les ont imprégnées, les abîmer.

C'est lorsque le nombre de coquillages excède déjà ce qu'ils sont capables de rapporter vers les lacs que Crache-Noyaux découvre, dans une niche de rochers face à la mer, du côté de la presqu'île opposé à la crique, de très grands coquillages allongés, enroulés en larges hélices délicates et moirées, nettement plus grand que la tête d'un de Ceux-qui-Sont-Debout. Ils sont presque vides, et Crache-Noyaux parvient aisément à retirer les croûtes de sable et d'algues agglomérées qui encombrent le large pavillon. Il parvient à remonter les rochers, précautionneusement, les bras chargés, en équilibre parfois précaire dans les éboulis, et à rapporter plusieurs grandes conques vers le promontoire.

Ils les présente, très fier, à Marche-Loin et Joue-Fendue, qui n'en avaient jamais vus d'aussi massives lors de leurs précédents voyages sur la côte.

Ils remplissent donc patiemment de sel les conques découvertes par Crache-Noyaux, en les secouant de temps et temps pour que les cristaux humides descendent dans le colimaçon et se tassent bien. Puis ils obturent le pavillon avec un tampon de mousse qu'ils sont allés arracher à l'écorce des arbres de la forêt. Les voici ainsi en possession de plus de coquillages qu'ils ne peuvent transporter. Ils n'emporteront que les plus grands, les plus solides. Les autres seront abandonnés, entassés au sec, au fond de l'abri.

Le matin suivant, les coquillages pleins de sel sont chargés dans les peaux, dont les coins libres sont serrés et enroulés avec une liane flexible.

Un dernier tour sur la grève permet à Ceux-qui-Sont-Debout de capturer quelques crabes qui sont dévorés de bon appétit. Après quoi, à regret, ils chargent leur chargement sur leurs épaules, et quittent, après un long regard vers l'horizon, le promontoire et la mer, pour le long voyage de retour.

Vers l'amont de la rivière

Ceux-qui-Sont-Debout remontent la rivière qui serpente dans la forêt épaisse, habitée d'innombrables oiseaux, singes, rongeurs, reptiles et batraciens. Maintenant qu'ils se sont éloignés de la côté mangée de sel par la mer qui s'assèche, ils trouvent aisément des baies, des feuilles et des racines, des oeufs, des poissons et des petits animaux.

Dans les mares, dans les bras morts, grouillent des bestioles comestibles. Ceux-qui-Sont-Debout remontent à pas tranquilles, en marchant souvent dans le courant lorsqu'il est paresseux et peu profond, pour éviter les fourrés, les serpents, les plantes épineuses. Les sacs de sel sont lourds et tirent sur leurs épaules. Dans les peaux rebondies, les coquillages pleins de sel s'entrechoquent dans un bruit de gravier qui roule.

Le soir, ils sont contents de s'arrêter sur un banc de sable ou une petite île, de poser leurs fardeaux sur un point haut hors de portée de l'eau, dans les fourches des arbres, sur des rochers. Ils vont ensuite à la recherche de nids d'oiseaux, de racines comestibles, de fruits, de grenouilles.

Puis ils dorment serrés les uns contre les autres, à l'exception d'un veilleur qui se fera relayer lorsqu'il sentira le sommeil le gagner.

Une nuit sans nuages, Joue-fendue dont c'est le tour de veiller remarque, du côté du levant, une étoile étrange, très lumineuse, prolongée par une trainée claire, comme une queue. Au matin, elle n'y attache plus d'importance, mais la nuit suivante Grands-Yeux remarque à son tour la comète.

Et puis lorsque le temps change, et que le ciel couvert et les pluies leur cachent les étoiles, ils oublient le spectacle étrange.

Ils traversent des contrées où parfois, les berges de la rivière se resserrent et sont plus escarpées, et le courant accélère, se précipite en remous qui tournoient. Les rives encombrées de végétation et de branchages charriés par le courant deviennent impraticables et les obligent à s'écarter du cours d'eau. Leur progression ralentit, il leur faut contourner des obstacles, des taillis, des ronciers. Ile doivent alors quitter la rive. Ils prennent alors soin de se munir d'un galet qu'ils auront brisé, et qu'ils serrent solidement dans leur main libre, en guise d'arme.

Dès que la profondeur de l'eau le permet et que la grève redevient accessible, ils regagnent la rivière.

Après quelques jours de marche lente mais paisible, ils constatent que le courant plus vif se fraie un passage entre des talus progressivement plus hauts, que l'eau mange et ravine, et qui ne tiennent par endroit que par les racines nombreuses des arbres qui penchent au bord du ravin. Là, ils ne peuvent pas marcher dans le lit de la rivière. Lors de la descente, lorsqu'ils n'étaient pas encombrés de leurs fardeaux et que le courant ne leur était pas contraire, ils ont pu rester dans le cours d'eau et se laisser emporter.

Mais maintenant, au retour, les marcheurs doivent couper dans la forêt, dont les arbres couverts de lianes, de plantes à grosses fleurs retroussées et de mousses exhalent une odeur lourde de végétation pourrissante. Marche-Loin met les plus jeunes en garde contre les serpents, ainsi que les champignons jaunes qui poussent sur les souches moussues. Ils prennent également soin de bien regarder où ils posent leurs pieds, qui ne sont pas habitués à parcourir de grandes distances sur un terrain aussi accidenté parsemé de plantes épineuses. Grands-Yeux, dont le pied blessé a fini par guérir, est tout particulièrement vigilant.

A la halte du soir, dans les branches basses d'un arbre énorme où ils ont décidé de passer la nuit, Joue-Fendue et Marche-Loin, tandis que la bande se repose et s'épouille, expliquent que c'est dans cette portion du trajet que les expéditions de collecte du sel rencontrent Ceux-de-la-Forêt, le peuple mystérieux qui apparait et s'évanouit entre les arbres, le peuple poilu qui ne parle pas. Ceux-de-la-Forêt son très forts, et quand ils ne se déplacent pas lestement de branche en branche dans les arbres, mais descendent au sol, ils préfèrent marcher à quatre pattes. Ils s'expriment par des gestes que Ceux-qui-Sont-Debout peuvent comprendre, et par des cris. Les anciens disent que Ceux-de-la-Forêt prennent les voyageurs sous leur protection, chassent les fauves qui guettent dans les fourrés, et partagent les plantes et les fruits cueillis dans les arbres. Ceux-qui-Sont-Debout, en échange, leur donnent du sel.

La petite bande, harassée par la progression difficile dans le sous-bois touffu, par les sacs de sel transportés, somnole bientôt tandis que la nuit tombe et que les oiseaux se taisent. Ils pensent au peuple hirsute qu'ils vont peut-être rencontrer le lendemain, à leur présence forte et rassurante qu'évoquent Joue-Fendue et Marche-Loin.

Peau-Grêlée qui est chargée de veiller finit par s'assoupir elle aussi, épuisée.

Pendant cette nuit-là, de grosses gouttes s'écrasent dans le feuillage, dégoulinent sur les branches et sur la peau des voyageurs blottis dans les fourches basses du grand arbre. Avec des grognement d'inconfort, ils se pelotonnent, protègent de leur mieux les sacs de sel sous eux, en évitant de trop peser sur les coquillages qui pourraient se briser. La pluie tombe un long moment pendant lequel ils échangent des mots chuchotés, des caresses de réconfort et de solidarité. Peu à peu, l'averse se fait moins drue et ils se rendorment.

Les premières lueurs dans le sous-bois les trouvent trempés et engourdis, les yeux encore bouffis d'un mauvais sommeil. L'un après l'autre, ils étirent leurs jambes, baillent copieusement, grommellent contre l'inconfort de leur refuge dans l'arbre. Ils ne prennent que lentement conscience de leur environnement, des épais fourrés, de la canopée, tout là-haut, agitée par le vent.

Puis, confusément, comme une démangeaison qui perturbe leur torpeur, ils sentent qu'ils ne sont pas seuls. Littéralement, ils le sentent : une odeur musquée, mais pas désagréable, qui n'est pas l'odeur de leurs corps entassés.

Un buisson bouge. Un autre, et une forme sombre se penche, tout près. Soudain, comme précipités sous une cascade d'eau froide, ils sont tous en alerte, mais pétrifiés. Autour d'eux, comme soudain accouchés par le sous-bois, Ceux-de-la-Forêt s'avancent, venant de tous côtés. Ils se sont approchés, silencieux comme des ombres, pendant le sommeil des voyageurs, et ont attendu, immobiles, que ceux-ci se réveillent. Parmi les visiteurs poilus, plusieurs jeunes, plus hardis, s'avancent à quatre pattes, puis s'accroupissent juste sous l'arbre dans lequel sont perchés, tout près du sol, Ceux-qui-Sont-Debout. Ils lèvent des regards curieux, inquisiteurs. En retrait, une mère maintient d'une longue main poilue un petit accroché à la fourrure de sa poitrine. Un grand mâle, beaucoup plus massif que Marche-Loin, s'avance alors. Il scrute les visages, passe de l'un à l'autre, puis revient à Marche-Loin. leurs regards s'accrochent, un long moment. C'est le mâle dominant que Ceux-qui-Sont-Debout, aux précédents passages, avaient nommé Dos-Blanc, à cause de la bande de poils plus clairs qui descend de sa nuque à ses reins. Dos-Blanc a reconnu Marche-Loin et Joue-Fendue. Il s'avance maintenant vers elle, monte avec aisance dans l'arbre, s'approche à la toucher. Joue-Fendue, le dos au tronc, porte ses mains à ses mamelles et regarde en l'air, manifestant ainsi son embrassement. Dos-Blanc, d'un index délicat, parcourt son visage, ses paupières. Puis se détourne, regarde derrière lui ses congénères et fait des gestes rapides que les voyageurs ne comprennent pas. Plusieurs parmi Ceux-de-la-Forêt s'avancent, portant des fruits qu'ils déposent au pied de l'arbre.

Comme les feuillages qui s'égouttent après la pluie, l'atmosphère s'allège subitement, les visages s'épanouissent, et les voyageurs se mettent à parler de manière volubile. Maintenant on se touche, on commence même à s'épouiller, à manger, et une coquille de sel, sortie d'on ne sait où, circule de main en main.

La journée passe très vite. Les voyageurs, escortés par Ceux-de-la-Forêt, qui connaissent les coulées dans les fourrés, les passes qui évitent les épineux, progressent plus vivement.

Durant quelques jours faciles, les deux bandes avancent de concert dans la grande forêt. Ils se désaltèrent dans les mares et les ruisseaux, ramassent des fruits et des racines, des insectes, des bestioles, dorment non loin les uns des autres.

Dos-Blanc, très assidu, courtise Joue-Fendue, qui garde ses distances, se laisse épouiller, mais s'écarte dès que les mains souples de Celui-de-la-Forêt glissent vers son sexe. Dos-Blanc lui jette alors un regard étonné, presque peiné, mais n'insiste pas.

Chaque matin, les deux bandes rassemblées se rapprochent de la rivière, dont le courant tumultueux se précipite entre les rives escarpées. Des arbres arrachés en barrent le cours, derrière lesquels s'accumulent des branchages emmêlés. Au regret de ne pouvoir encore descendre dans l'eau, Ceux-qui-Sont-Debout reprennent le chemin de la forêt.

Un jour enfin, ils trouvent la rivière plus calme, plus large, et les berges en pentes plus douces. Les voyageurs vont à nouveau pouvoir marcher les pieds dans l'eau, sur les galets de la rive, trouver des recoins sur les îlots pour passer la nuit.

Ceux-de-la-Forêt quant à eux souhaitent se séparer des voyageurs, car la forêt alentour plus claire, entrecoupée d'espaces herbeux et de buissons, leur est de plus en plus inhospitalière, et dépourvue des plantes dont ils ont besoin.

Les deux bandes se séparent donc, non sans démonstrations bruyantes, caresses appuyées et tapes sur les épaules. Un coquillage plein de sel passe de la main de Joue-Fendue à celle de Dos-Blanc.

Pendant la lune suivante, les voyageurs cheminent dans un paysage qui alterne entre des étendues de savane parcourues par des troupeaux, et des zones plus boisées. Parfois, le lit peu profond leur permet de marcher dans l'eau, et de profiter de l'ombre des arbres dont les cimes, par endroit, se rejoignent au-dessus du courant, pour former comme un tunnel de verdure.

Parfois aussi il leur faut couper par la savane pour raccourcir leur route. Ils préparent leur traversée d'un paysage qui leur est inhospitalier, en se reposant, buvant abondamment, et en se munissant, si le transport des sacs le permet, de branchages feuillus en guise d'ombrelles.

Joue-Fendue et Marche-Loin ont parcouru cette route il y a de nombreuses lunes déjà, menés par ceux qui sont maintenant restés aux grottes des lacs, reclus de rhumatismes, où qui ont disparu. Ils connaissent les lieux, les étapes de la longue remontée de la rivière.

Ceux-qui-Sont-Debout, qui descendent sur la côte pour approvisionner en sel les hordes des collines ont, génération après génération, mémorisé la route la moins difficile, la moins inconfortable, la moins dangereuse.

Les abris découverts par les ancêtres sont réutilisés à chaque passage. Ils sont peu à peu aménagés en charriant des pierres, des branchages, en guise de défense contre les prédateurs. Des tas de galets sont empilés dans les grottes pour servir, le cas échéant, à lapider des assaillants.

Les étapes du voyage les plus prisées sont les coins riches en écrevisses, en grenouilles, en fruits qui ont nourri les voyageurs précédents. Ceux qui offrent une grotte ou un abri-sous-roche spacieux, et facile à défendre.

Pourtant, plusieurs expéditions ne sont jamais revenues.

Marche-Loin lui-même, lors d'un précédent voyage, s'est perdu avec ses compagnons dans le marécage, là où la rivière se divise en de multiples bras fangeux et malodorants, de mares vaseuses infestées de sangsues. Ils ont longtemps peiné avant de retrouver le bras principal de la rivière, la où le courant est le plus fort et l'eau la plus claire, et pu reprendre leur progression.

Plusieurs de ses compagnons ont alors attrapé la maladie de la fièvre, qui revient à chaque lune, et les rend incapables de marcher.

C'est avec une grande inquiétude qu'il aborde maintenant le marécage avec sa petite troupe. La découverte des grosses conques sur le rivage les a poussés à prendre un grand chargement de sel, qu'il va falloir maintenir à l'abri de l'eau. Déjà, les peaux des Bêtes-de-l'Eau tuées sur l'île en face de la presqu'île, pleines de coquillages bourrés de sel, montrent des signes d'usure. Les plis sont craquelés, elles sentent mauvais.

Joue-Fendue et Marche-Loin, chemin faisant, cherchent des repères, des signes de passage, interrogent leur souvenirs. Ils finissent par se décider, et les marcheurs s'engagent dans le dédale.

Le Peuple-Immense

Ceux-qui-Sont-Debout ont erré dans le marécage pendant plusieurs jours incertains et harassants. Ils ont plusieurs fois dû rebrousser chemin, progresser dans des prés si humides qu'il leur fallait coucher des roseaux sous leurs pas pour ne pas s'enfoncer.

Ils découvrent enfin des berges rocailleuses, où la progression redevient facile. Ils sortent enfin du labyrinthe de canaux et de prés inondés. Ils sont fourbus, sales, mais rassurés.

C'est dans un abri rocheux, sous un surplomb qui domine la rivière, qu'ils passent la nuit, après s'être gavés de gros poissons capturés dans une mare, ainsi que de noix arrachées aux arbres tordus qui poussent dans les failles de la berge.

Le lendemain ils abordent une partie du trajet où la rivière est rectiligne et traverse une forêt clairsemée. Ici, les rives sont rocailleuses et d'accès facile.

Lors de la descente, ils ont parcouru très rapidement cette portion de rivière, en se laissant porter par le courant. Maintenant, chargés de leur butin de sel, ils doivent suivre la bord, dans les rochers, ou barboter dans l'eau peu profonde.

Le paysage change progressivement, et la forêt clairsemée fait place à des affleurements de rochers noirs, des plages de sable sombre et de galets volcaniques. Sur des étendues herbeuses entrecoupées de bosquets et de tertres basaltiques, broutent de grands troupeaux d'antilopes graciles et d'ugandax massifs aux cornes en croissant.

Bien que la chaleur soit plus intense que dans le marécage, ils ne souffrent pas de la soif : L'eau est facilement accessible, claire et vive, et aux heures les plus éprouvantes, ils peuvent s'abriter sous des branchages feuillus qu'il tiennent d'une main, en tenant solidement de l'autre les pans du sac de sel jeté sur leur épaule.

La nuit, ils trouvent refuge dans les rochers, suffisamment haut pour qu'un prédateur ne puissent pas attaquer à l'improviste, et que les pierres collectées le soir puissent permettre de bombarder efficacement l'agresseur.

Le premier soir dans les rochers, alors que le soleil enflamme l'horizon et que les troupeaux projettent de longues ombres sur la prairie, Joue-Fendue raconte que c'est ici que vivent les colosses dont Ceux-des-Lacs parlent le soir à la veillée. Les bêtes gigantesques que même les plus grands dinofelis, malgré leurs longs crocs et leurs griffes acérées, ne peuvent attaquer. Seuls les très jeunes pachydermes, s'il sont isolés de leur mère, peuvent succomber sous les crocs des fauves.

Ces géants qui rivalisent avec les collines ne mangent pas de viande, ni de poisson, et n'attaquent Ceux-qui-Sont-Debout que s'ils sentent que leurs petits sont menacés.

Les plus jeunes parmi Ceux-qui-Sont-Debout, accroupis dans l'ombre du rocher, écoutent avec attention Joue-Fendue raconter le Peuple-Immense. Ils essaient d'imaginer les pas des titans qui font trembler la terre comme lorsque la Montagne-qui-Fume, parfois, chez eux dans les montagnes, au-dessus du Lac-du-Haut, fait vibrer le sol et crache de la fumée et des cailloux qui dévalent les pentes.

Les jours suivants se passent sans encombre, et la petite bande se prend à paresser le matin sur les rochers, à se baigner dans la rivière lorsque les sacs de sel sont en sécurité sur une corniche.

Un soir, postés sur le rocher, bien à l'abri, ils abattent à coup de pierres un kolpochoerus qui vient boire à la rivière. Puis ils achèvent la grosse bête hirsute aux os brisés avec des bâtons et des cailloux, l'éventrent et la découpent sommairement avec des galets tranchants. Ceux-qui-Sont-Debout hissent ce qu'il peuvent plus haut, sur une corniche, pour pouvoir dévorer la viande encore tiède avant que les eucyons glapissants et d'autres charognards ne se manifestent.

Le soir suivant, après une journée de pluie qui a grossi la rivière, le vent dégage enfin un coin de ciel bleu. Alors qu'ils gravissent une grande rocaille basaltique pour y passer la nuit, Longues-Mains qui regarde vers le soleil couchant s'immobilise. Les yeux de ses compagnons, interpellés, se tournent dans la direction de son regard. La bouche béante d'étonnement, tous contemplent le spectacle des colosses en marche. Les deinothériums, le Peuple-Immense, avancent en colonne sur la prairie, en direction de la rivière.

Les anciennes, là-bas dans les grottes, autour des lacs, racontent l'histoire de la rencontre avec les géants. Avec ces animaux comme des montagnes, puissants et placides, que nul n'ose attaquer, qui portent des nez démesurés et deux lourdes défenses sur leur mâchoire, pointées en arc vers le sol.

Ceux qui ont voyagé les ont racontés, le soir au coucher du soleil, dans les abris du pays des lacs, quand la horde est rassemblée, et que l'on évoque le passé et les mondes lointains. Peau-Grêlée, maintenant figée sur place à la vue du troupeau, les yeux écarquillés, se souvient d'Un-Oeil, le vénérable, lorsqu'il était debout sur le parvis de la grande grotte du Lac-de-la-Tourbière, gesticulant et criant de sa voix chevrotante, et qu'il racontait sa rencontre avec le Peuple-Immense. Comme il s'est trouvé entre la rivière occupée par un troupeau d'ugandax nerveux et tournoyant dans le courant, meuglants, l'arc formidable leurs cornes baissé, leurs naseaux au ras de l'eau, et le Peuple-Immense qui s'avançait vers la rivière pour boire. Comment il est resté sur la berge, pétrifié, les boyaux noués, les jambes flageolantes, tandis que les monstres le frôlaient, le palpaient de leur trompe adroite. Comment ils l'ont laissé en vie, tandis que les ugandax refluaient dans la lit du fleuve, terrorisés par le déferlement inexorable des géants.

Là, maintenant, Peau-Grêlée et tous les autres mesurent l'intensité de l'émotion qui, après tant et tant de lunes, tant d'aventures, reste toujours si vivace dans la mémoire d'Un-Oeil.

La taille monstrueuse de ces colosses dépasse grandement tout ce qu'ils avaient pu imaginer. Comme des montagnes en marche, ils avancent majestueusement vers l'eau.

Ceux-qui-Sont-Debout, ce soir, sont à l'abri sur les rochers, là où les deinothériums ne peuvent grimper. Ils contemplent la longue cohorte des pachydermes, encadrée par les vieilles et les mâles, alors que les femelles gestantes et celles accompagnées de leurs petits, les seuls à être vulnérables, se serrent au milieu. Les voilà sur la rive. Ils s'avancent dans le courant, s'aspergent. Les petits se roulent dans l'eau, chahutent, se bousculent. Deux adultes sont restés pour le moment sur la berge, et patrouillent les environs. Ils lèvent très haut leur trompe à l'extrémité humide et frémissante. Ils ont senti Ceux-qui-Sont-Debout perchés dans les rochers, et maintenant ils s'approchent. Marche-Loin jette un regard à ses compagnons et leur intime de ne pas bouger. Le deinotherium le plus proche lève la tête vers le petit groupe immobile. Bien que la bande soient tapie haut au-dessus de la rivière, lui les domine presque. Il s'avance encore, curieux, inquisiteur.

Sa trompe immense s'étend vers Grands-Yeux, le plus proche. Lui, immobile, le dos collé à la paroi, a les yeux exorbités de peur, et un goût de vomi dans la bouche.

Le long nez musculeux se déroule pareil à un épais serpent, le palpe. Le bout, comme un doigt chaud et mou, parcourt la poitrine, descend au sexe, souffle et renifle. Grands-Yeux, inondé de sueur, est figé. Il entend dans ses oreilles les coups sourds de son coeur, la pulsation de ses artères. Le temps s'allonge, il suffoque.

Le monstre enfin s'écarte, se détourne d'un pas lent, élastique et pesant, étonnamment souple, qui fait vibrer la paroi de basalte. Ses oreilles fripées battent l'air en éparpillant une nuée de mouches tandis qu'il se penche, allonge sa trompe, renifle l'eau, l'aspire bruyamment avant de la gicler dans sa gueule.

Grands-Yeux n'a pas bougé. Il reste là, le dos au rocher. Immobile, à la fois brûlant et glacé.

Les deinotheriums attroupés restent longtemps dans la rivière, qu'ils occupent sur toute sa largeur, de rive à rive. Certains vautrés dans le courant, allongés, se roulent sur les galets pour se gratter le dos, tandis que des jeunes batifolent, se poursuivent en s'éclaboussant.

Ceux-qui-Sont-Debout se détendent peu à peu, des conversations renaissent, hésitantes, chuchotées, et Grand-Yeux, enfin, s'assied sur ses talons, ses mains à plat sur ses cuisses pour les empêcher de trembler.

Les autres se regroupent autour de lui, des mains s'attardent sur ses épaules, sur ses doigts encore fébriles.

Ils sont encore là à mi-hauteur sur les rochers, dans la lumière chaude du soir, à contempler le Peuple-Immense dans la rivière, quand au-dessus d'eux, sur la crête herbeuse du mamelon rocailleux dont ils voulaient faire leur refuge, un feulement grave et enroué les tétanise. Lorsque les regards se tournent vers le sommet derrière eux, c'est pour entrevoir une croupe onduleuse se couler dans une faille de la paroi qui descend obliquement vers eux. Plus haut, un second dinofelis, tête levée, oreilles triangulaires dressées, les regarde intensément. Les deux fauves progressent lentement, malhabiles et hésitants dans les rochers, vers Ceux-qui-Sont-Debout. Les félins, maintenant plus proches, se sont un instant arrêtés, les babines retroussées, les canines menaçantes, avec dans leur gorge un râle sourd. Le grand deinotherium qui est venu inspecter Grands-Yeux lève alors sa tête de titan, sa trompe érigée comme une colonne au-dessus de lui.

Les dinofelis, en réponse, rugissent férocement, cou tendu.

La bande paniquée de Ceux-qui-Sont-Debout descend alors en désordre vers les mastodontes amassés plus bas dans la rivière. Ils arrivent sur les galets de la grève, tandis que les fauves continuent à descendre. L'immense pachyderme, celui qui à approché Grands-yeux, s'avance alors sans hâte vers Ceux-qui-Sont-Debout, suivi de plusieurs autres. Ils les entourent, tandis que les voyageurs se serrent les uns contre les autres, dans une étreinte collective et poignante. Une forte odeur de terreur, de sueur, d'urine et d'excréments les enveloppe.

Les deinotheriums les ont dépassés, en les contournant presque délicatement, mais leur attention est focalisée sur les deux fauves.

Les pachydermes sont maintenant juste au pied de l'éminence rocheuse, têtes levées, trompes dressées, à une portée de pierre des dinofelis maintenant à l'arrêt, tapis sur une étroite corniche. Les colosses barrissent épouvantablement. Le trépignement de leurs énormes pattes descelle des graviers qui cascadent sur la pente jusque sur la grève. Derrière eux, Ceux-qui-Sont-Debout sont massés, et encore plus loin, dans la rivière, les petits deinotheriums se serrent contre leur mère, qui enroule autour d'eux une trompe protectrice.

Les grands mâles au pied du rocher balancent leurs têtes pesantes, leurs grandes défenses au ras du basalte, leurs trompes levées, leurs gueules béantes.

Les dinofelis, d'abord assis sur une corniche sur leur arrière-train, les pattes avant fléchies, les babines retroussées sur leurs longues canines, un feulement rauque au fond de leur gorge, battent maintenant en retraite en fouettant de leur queue leurs flancs ocellés. Ils disparaissent enfin sur la crête, en silhouette sur le ciel maintenant d'un bleu très sombre.

Les grandes bêtes progressivement s'apaisent, se détournent du rocher. Les jeunes s'écartent des femelles, retournent à leurs jeux, tandis que les adultes se regroupent, curieux des petits êtres chétifs qui sont descendus au milieu d'eux. Le Peuple-Immense environne maintenant les rescapés, qui sentent le calme revenir, la tension baisser. Peau-Grêlée, la première, malgré sa peur, s'aventure à passer une main hésitante et encore moite sur la trompe d'un géant. Longues-Mains, après un échange de regards, l'imite, puis tous les autres rassérénés, se laissent aller à toucher la peau rugueuse et grenue des bêtes formidables, des montagnes de chair et de force qui les ont sauvés.

Une trompe enveloppe Grands-Yeux, qui se contracte mais se laisse faire. Il est soulevé jusqu'à hauteur d'un oeil noir et brillant qui le détaille un instant. Puis, très délicatement, le deinotherium le repose au sol. Grands-Yeux, les jambes encore molles et flageolantes, élève ses yeux vers le mastodonte qui le surplombe.

Quelques mots s'échangent enfin entre Ceux-qui-Sont-Debout, qui sonnent étonnamment fort. Puis subitement, Marche-Loin prends conscience d'avoir abandonné les sacs de sel sur la paroi, là où ils s'étaient immobilisés à l'arrivée des deinotheriums. Certain maintenant que les fauves sont partis, mais toutefois prudent, il remonte chercher une des peaux rebondies qui recèlent leur trésor.

Alors que le soleil plonge lentement derrière l'horizon, Ceux-qui-Sont-Debout offrent au Peuple-Immense, cérémonieusement, étalé sur leurs paumes ouvertes présentées en offrande, le trésor du sel. Les bêtes colossales se pressent, palpent puis essaient de saisir le sel étalé. En vain. A peine peuvent-elles goûter quelques grains humides qui collent au doigt mobile de leur trompe.

Après quelques palabres, quelques échanges incertains, Longues-Mains rapporte dans ses joues gonflées de l'eau de la rivière, qu'elle crache sur le sel présenté par Marche-Loin dans ses mains serrées en coupe. Le grand mastodonte vient renifler, puis aspire le contenu des mains tendues, qu'il projette dans son gosier. Cette fois, il a pu profiter du sel offert. Et il en redemande. Le troupeau se presse alors, comme la horde lorsqu'une cueilleuse rentre à l'abri avec des fruits sucrés, pour goûter les friandises. Les trompes siphonnent le sel dans les mains tendues. Mêmes les plus jeunes s'enhardissent près de Ceux-qui-Sont-Debout.

Lorsque le soleil disparait enfin et que l'obscurité s'épaissit, le contenu de plusieurs grands coquillages a disparu dans les gosiers gourmands des colosses.

Le Peuple-Immense reste près de la rivière cette nuit, et les voyageurs, harassés par les péripéties de la soirée, mais le ventre creux, se regroupent dans les anfractuosités de basalte sombre, tout près de leurs nouveaux alliés. Leur sommeil est lourd. Aucun d'entre eux n'a la force de veiller.

Au petit matin, lorsque le soleil est encore en-dessous de l'horizon, de l'autre côté de la rivière, et que le ciel pâlissant éteint les étoiles, Ceux-qui-Sont-Debout sentent sous eux le rocher frémir, vibrer. Le Peuple-Immense se réveille, certains géants déjà arpentent la grève, vont boire, d'autres, le flanc contre les aspérités de la paroi, frottent leur peau grise et crevassée, apaisent les démangeaisons de la nuit.

Les voyageurs sont en alerte, incertains de la direction que vont prendre les grands animaux, inquiets à l'idée de perdre leur protection. Au sommet du tertre rocheux, ils observent le troupeau qui se regroupe, la plus grande femelle qui s'avance vers la savane. La colonne formidable se met en marche, laissant sur la grève des monticules de bouses fumantes entre les buissons arrachés, ainsi que des arbres déracinés, privés de leur feuillage.

Le Peuple-Immense s'avance maintenant à découvert, contourne les grands rochers et remonte vers l'amont de la rivière.

Ceux-qui-Sont-Debout se concertent rapidement : Vont-ils, le ventre creux, suivre les deinotheriums dans la savane tant qu'ils longeront la rivière sans trop s'en éloigner, ou resteront-ils tout près de l'eau, sans leur protection, mais où ils pourront trouver, dans les arbres de la rive et l'eau peu profonde, de quoi manger, boire et se rafraîchir ?

Le conciliabule est rapide, un consensus se dégage presque aussitôt : Leur faim, l'attrait des rives boisées, de leur ombre accueillante et de l'eau clapotante prennent le dessus. Ils contemplent, avec regret quand même, les mastodontes qui s'éloignent pesamment.

Vers les lacs

Ceux-qui-Sont-Debout descendent prudemment du rocher, les sacs de sel sur leurs épaules, maintenus par une main. Dans leur autre main ils tiennent une pierre anguleuse : Si les dinofelis sont encore dans les parages, il faudra les tenir à distance, le temps de gagner la rivière et de s'engager dans le courant, où les voyageurs pourront marcher immergés jusqu'à la taille, leurs trésors de sel posés sur leur tête, hors de portée des fauves qui craignent l'eau.

Les fauves ne se montrent pas avant que la bande n'ait pu gagner le lit caillouteux de la rivière. Ceux-qui-Sont-Debout sont déjà dans l'eau lorsque deux formes se coulent dans les herbes et les buissons de la rive, en grondant. Deux corps longs et flexibles, ondulants, à la robe marbrée, fouettent les herbes d'une queue terminée par un toupet de poils noirs. Un des prédateurs aventure une patte dans l'eau fraîche, une seconde, avance encore, ses yeux jaunes braqués sur Ceux-qui-Sont-Debout, qui refluent au milieu de la rivière, de l'eau jusqu'à la poitrine, le sel maintenu à bout de bras au-dessus de leur tête. Le dinofelis a maintenant de l'eau jusqu'au poitrail, mais il recule sur les galets, s'ébroue, gronde de frustration. Son compagnon fait des allers-retours sur la berge, nerveux, fébrile.

Les marcheurs avancent lentement dans le courant contraire, assurant chaque pas sur les pierres du fond, pour ne pas glisser et être emportés. Bientôt, voyant que les dinofelis répugnent à se mouiller, ils se rapprochent du bord, là où l'eau est moins profonde et la progression plus sûre et plus facile. Les deux tueurs sur la rive rugissent de frustration, s'agitent de plus en plus, vont et viennent. Celui qui est resté en retrait dans les buissons finit par s'élancer maintenant du petit talus qui, à cet endroit-là, surplombe l'eau. Son bond magnifique l'amène suffisamment loin du bord pour qu'il n'ait plus pied, et le courant l'emporte aussitôt vers l'aval, l'éloignant de ses proies terrifiées. La bête se débat dans les éclaboussures, paniquée. Elle parvient à accoster plus bas, s'ébroue violemment, se glisse dans la végétation.

L'autre dinofelis, impuissant, suit d'un regard haineux les voyageurs qui avancent dans le courant. Après quelques hésitations, sa longue silhouette pivote souplement et il disparait à son tour dans les fourrés.

Ceux-qui-Sont-Debout s'arrêtent un instant, se congratulent bruyamment. Des rires fusent.

Dans le clapotis incessant de la rivière, ils poursuivent maintenant leur voyage, à la queue-leu-leu, les pieds dans l'eau, échangeant de temps en temps quelques mots pour commenter le paysage de savane qu'ils aperçoivent lorsque le rideau d'arbre de la rive s'interrompt.

Au loin, lorsque la berge est suffisamment basse, ils entrevoient des troupeaux sur le plateau, des massifs rocheux de loin en loin.

Les jours suivants s'écoulent sans péripéties notables. Les marcheurs font des poses lorsqu'ils découvrent un bras mort de la rivière, une mare. Ils cherchent alors un endroit sec pour y laisser le sel, puis vont se poster, immobile, au ras de l'eau, pour d'un geste leste capturer des grenouilles ou des poissons imprudents. Ils ramassent des vers, déterrent des racines, collectent des feuilles appétissantes, grimpent dans les arbres de la rive lorsqu'ils y repèrent des fruits ou des noix.

Ils s'arrêtent le soir dans un endroit propice et protégé pour se reposer, un îlot sec dans la rivière, un surplomb au-dessus de l'eau, sous des souches d'arbres, ou, mieux, un abri dans une des formations de roches noires que contourne par endroit la rivière. Ils se réfugient alors dans une faille, un trou, une caverne, y amoncèlent des feuillages ou des fougères, y poussent leurs sacs de sel qu'ils examinent avec soin, pour prévenir toute faiblesse ou déchirure des précieuses peaux, maintenant très abîmées.

Au réveil, lorsque leur abri est confortable, ils paressent un peu avant de reprendre leur périple.

Ils savent que la fin du voyage est pour bientôt, et que le repos et la sécurité sont maintenant proches. Peau-Grêlée et Joue-Fendue, tout particulièrement, aspirent à une vie moins dangereuse. Elles n'ont pas saigné depuis plusieurs lunes. Assises côte à côte, le dos sur le rocher tiède, les deux mains sur leur abdomen qui s'arrondit, elles pensent aux la horde. Elles sont encore vives dans les arbres, grimpent sans mal, mais déjà elles sont moins endurantes à la fin du jour, et les mâles, avec un regard appuyé sur leur ventre, cherchent un bivouac bien avant que le soleil ne frise l'horizon.

Progressivement, le terrain devient plus accidenté. De part et d'autre de la rivière, ils peuvent voir des collines boisées, et plus loin des sommets embrumés. Le courant est plus vif, et court entre des berges resserrées. Les voyageurs ne trouvent plus de méandres, de bras morts, de mares, d'eau croupie qui puissent leur offrir les petits animaux qu'ils aiment manger. En contrepartie, la végétation plus riche recèle en abondance des fruits et des plantes comestibles.

Un matin, lors d'une halte sur les rochers de la rive, alors qu'ils ont déposé les sacs de sel au sec et qu'ils furètent dans les environs en quête de nourriture, une bande de singes noirs investit les arbres au-dessus d'eux, crient, agitent les branches, font grand bruit.

Les petits grimpeurs s'aventurent dans les branches qui surplombent le courant.

Ceux-qui-Sont-Debout échangent des regards, et sans même avoir besoin de se concerter davantage, s'écartent de la rive, laissant les singes s'installer dans les arbres qui ombragent la rivière, toujours plus loin au-dessus de l'eau. Puis les voyageurs grimpent silencieusement dans les branches, cernant ainsi les petits animaux agiles. Les singes ne prennent conscience du piège que lorsque Ceux-qui-Sont-Debout, en investissant les arbres qui leur auraient pu leur permettre de fuir, les ont confinés dans les frondaisons flexibles qui surplombent le courant. Le vacarme devient indescriptible : Les proies affolés secouent les feuillages, hurlent, s'agitent. Les chasseurs, plus lourds, ne peuvent pas avancer davantage sans risquer de rompre les branches élastiques.

La situation semble sans issue, mais Crache-Noyaux et Longues-Mains, abandonnant leurs postes dans les arbres, redescendent prestement, gagnent la grève, en-dessous des singes affolés, et les bombardent de galets. Les tirs sont imprécis, mais l'affolement des proies piégées est à son comble. Plusieurs singes tentent de sauter vers les feuillages que les arbres de l'autre rive tendent au-dessus de la rivière, mais leur saut est mal évalué, trop précipité, et ils tombent à l'eau. Crache-Noyaux et Longues-Mains, excellents nageurs, se précipitent, et très vite, avant que le courant n'ait pu emporter les imprudents trop loin, des cris et des éclaboussures indiquent que les chasseurs sont sur eux.

Les voilà de retour, poussant devant eux les corps inanimés des singes noyés, brisés sur les rochers ou égorgés. Leurs compagnons sont déjà sur la grève, les accueillent dans l'eau peu profonde. Chacun des nageurs porte une proie dans chaque main, il y aura à manger pour tous. Joue-Fendue lèche une morsure qui saigne à l'épaule de Longues-Mains. Déjà les autres ont brisé des galets pour dégager une arête tranchante et ouvrent les ventres des singes que l'eau de la rivière n'a pas eu le temps de refroidir. Ils se partagent les foies savoureux, mâchouillent les muscles coriaces, brisent les crânes pour en extraire les cervelles. Peu à peu les conversations reprennent, des tapes satisfaites sur les épaules des chasseurs témoignent de la gratitude et du contentement.

Ils restent tout le jour sur les rochers, où ils ont découvert un abri sûr dans une grande faille facile à défendre. Ils se reposent, digèrent, copulent. Ils sentent maintenant que la fin du voyage approche, que les lacs sont à quelques jours de marche seulement. Malgré ce qu'ils ont offert à Ceux-de-la-Forêt et au Peuple-Immense, leur chargement de sel reste abondant, et ils n'ont eu à déplorer la mort d'aucun des leurs.

Le jour suivant, ils arrivent aux rapides qui se précipitent entre les berges surélevées. Ils doivent quitter la rivière et progresser plus haut, en la longeant dans la forêt.

Ils finissent par trouver la piste qui serpente sous le couvert, les branchages brisés par les fréquents passages des leurs. Ils sont enfin près des lacs. Les cascades de la rivière, les arbres, tout leur est maintenant familier. Le sentiment profond du monde connu leur procure un bien-être qu'ils avaient presque oublié.

Après une dernière nuit passée sous l'avancée d'un rocher qui domine, comme une visière, un éboulis parsemé de fougères, ils arrivent le lendemain d'une journée pluvieuse au petit torrent qui rejoint les rapides. Ils le remontent vers la Grotte-du-Torrent.

Elle est là, à côté de la cascade, accueillante et familière. Ils sont enfin chez eux. Ils pénètrent dans la première salle de la grotte, hument l'odeur minérale et familière, et le parfum des végétaux séchés accumulés. Ceux-du-Lac-de-la-Tourbière ont du passer récemment, car les fougères amoncelées dans les recoins de la grande salle sont encore vertes.

Leurs yeux s'accoutument peu à peu à l'obscurité. Puis ils vont, à tâtons, déposer les sacs de sel plus loin, dans une seconde salle bien sèche où ils seront en sécurité. Les revoilà maintenant à l'entrée, sur le petit terre-plein rocailleux, où, malgré une petite pluie, ils restent à rêver et à scruter le lointain. La faim les fait ensuite explorer les environs, grimper dans les figuiers qui abondent autour de la cascade; ils ont tôt fait d'amasser de quoi apaiser leur faim.

La nuit est paisible, ils s'assoupissent en écoutant la rumeur de la cascade toute proche.

Ils reprennent leur marche dès le lever du soleil, qui éclabousse de lumière le paysage. Le vent a emporté les nuages de la veille et séché les feuillages, et Ceux-qui-Sont-Debout avancent vivement, maintenant très impatients d'arriver aux lacs.

Ils rejoignent la rivière en contrebas, dont les rapides sont moins furieux et qui progressivement, en remontant, s'assagit. Les rives sont à nouveau plus plates, caillouteuses, rocailleuses.

Ils marchent avec entrain. Le paysage s'ouvre progressivement, s'élargit entre les collines, et l'on devine un large espace, encore caché par les arbres.

Bientôt la rivière s'étale, moins profonde, coule entre des roselières d'où s'envolent de grands oiseaux échassiers noirs et blancs, qui tournoient un instant, pour se diriger ensuite en aval en suivant le courant.

La piste que suivent les marcheurs serpente le long des roseaux, à la lisière de l'eau, sur un terrain mou et incertain. Les plantes couchées, jetées en travers du passage, témoignent de la fréquentation du chemin. Toute une faune s'éparpille à leur passage. Ils entendent les batraciens sauter à l'eau, le froufrou des oiseaux qui s'envolent. Des poissons gris s'écartent furtivement dans l'eau fangeuse.

Des bosquets noyés d'arbres morts d'où pendent les guenilles des lianes pourrissantes, certains encore droits, d'autres presque couchés dans les roseaux, cachent l'horizon. Bientôt cependant, ils découvrent, par morceaux découpés par les troncs noirs de la forêt inondée, la surface miroitante du lac. Des exclamations fusent, des doigts se tendent.

Un peu plus loin, ils s'arrêtent un instant pour contempler le panorama maintenant dégagé du Lac-de-la-Tourbière dans son écrin vallonné. A l'entrée du lac, sur l'autre côté, là où la rive, plus haute, n'est pas marécageuse mais grimpe vers la colline, sur l'avancée rocheuse, ils essaient de distinguer les entrées des abris qui béent sur le ciel.

Ici commence le pays du Peuple-du-Sel, qui occupe les grottes des collines et des montagnes, autour des lacs qui s'égrainent en chapelet le long de petits cours d'eau. Quelques hordes étroitement apparentées y vivent de la pêche, du ramassage des petits animaux, des racines, des noix et des fruits, et occasionnellement de la chasse.

Les Tambours-de-Bois

Après avoir traversé la rivière à gué, là où elle se jette dans le lac, la petite troupe se trouve au pied de la pente qui mène aux premiers abris, qui, plus haut, surplombent les étendues de roseaux entrecoupées de grands espaces d'eau libre agitée de vaguelettes. Une petite sente serpente entre les buissons. D'où ils sont maintenant, ils ne peuvent plus voir l'entrée des grottes, cachées par les ondulations du terrain.

Ils gravissent la pente raide, les épaules chargées des peaux puantes et abîmées qui contiennent encore, à grand-peine, les coquilles pleines de sel que les voyageurs ont, au prix de tant de peine, acheminées depuis les salines de la côte.

Plus haut, les buissons s'éclaircissent et au-dessus d'eux, un grand ciel bleu est encadré par quelques grands arbres cramponnés au rocher, dont les frondaisons sont agitées par la brise.

Les pieds de Ceux-qui-Sont-Debout sont endoloris et crevassés par la longue route, les pierres de la rivière, les épines des buissons. Mais s'ils avancent lentement, c'est aussi comme pour retarder l'instant de l'arrivée, pour prolonger encore un peu l'aventure et goûter la cohésion du groupe. Dans quelques instants, ils seront auprès des leurs, entourés, sollicités, dispersés dans la horde. Il ne restera, de cette solidarité bâtie dans l'effort et le danger commun, qu'une connivence diffuse.

Les rochers sombres émergent maintenant d'entre les arbres. Au prochain tournant du sentiers, ils seront en face du grand abri de Ceux-du-Lac-de-la-Tourbière. Joue-Fendue s'arrête, imitée par tous les autres. Elle tend l'oreille, ostensiblement, imitée par tous les autres. Pas un bruit. C'est étrange. Des regards sont échangés, des têtes hochées. Ils parcourent les derniers pas d'une allure plus vive.

Devant eux s'étend la petite plateforme rocailleuse et juste derrière, l'arche irrégulière de la grande grotte.

Immobiles, assis devant la grotte ou perchés sur les rochers qui l'encadrent, ils sont tous là. Totalement silencieux. Même les nombreux enfants hirsutes, agglutinés à l'entrée de la grotte ou accroupis entre les jambes des adultes, se tiennent cois. Leurs yeux ronds sont braqués sur les nouveaux arrivants. Ce n'est qu'après un court instant de stupeur et d'hésitation que les marcheurs comprennent qu'ils ont été attendus. Que des guetteurs les avaient signalés depuis longtemps. Que la horde s'était préparée pour cet accueil, cette surprise.

Marche-Loin, Joue-Fendue, Peau-Grêlée, Longues-Main, et toute la petite bande des voyageurs posent les sacs de sel à terre.

Grands-Yeux, son chargement à ses pieds, scrute les visages, passe de l'un à l'autre.

Son regard s'arrête sur Cherche-Poissons, continue, découvre Fleurs-Cheveux un peu plus loin. Revient à Cherche-Poissons. Les deux jeunes femelles lui sourient. Elles ont mêlé à leur chevelure noire des lianes aux grandes coroles jaunes et rouges, aux pistils noirs. Le ventre rebondi de Cherche-Poissons annonce l'arrivée prochaine d'un enfant.

Grands-Yeux la fixe, imagine déjà poser ses mains sur la belle peau nue de la femelle.

Les voyageurs, maintenant regroupés sur la plateforme, sont tous très émus, et n'osent briser l'instant magique. Toute la horde est là pour eux.

Dans le silence que seul trouble le bruit doux du vent dans les feuillages, un frôlement se fait entendre maintenant. Un pas trainant. De l'ombre de l'abri débouche la silhouette courbée d'Un-Oeil, qui lève ses bras arthritiques vers les visiteurs, et frappe mollement ses mains au-dessus de sa tête.

A ce signal, tout s'anime, ils se précipitent, se congratulent, se touchent.

Dans la grotte, tout près de l'entrée, un bruit immense comme l'orage retentit : Tape-le-Bois, dans un balancement frénétique, de toutes ses forces, martèle de deux gourdins un grand tronc sec et creux étendu sous le surplomb, à l'abri de la pluie.

Les vibrations du grand Tambour-de-Bois se réverbèrent entre les rochers, assourdissantes.

Dehors, sur le parvis de la grotte, l'agitation est maintenant à son comble. Les héros du sel sont entourés, les sacs de peau palpés, jaugés. Tous gesticulent, crient, rient.

Marche-Loin, un peu à l'écart, cherche du regard Jolies-Fesses, ne la trouve pas, s'impatiente, tourne et retourne. Il l'aperçoit enfin, perchée sur la petite corniche un peu plus haut. Son regard est sur lui, son sourire est pour lui. Elle l'attend. Toutes ses inquiétudes évanouies, il s'empresse de la rejoindre. Après un dernier regard maternel à son enfant occupé à jouer avec les autres, elle le suit sans un mot, et ils disparaissent plus haut entre les arbres.

Sur un signe à peine esquissé d'Un-Oeil le patriarche, Peau-Grêlée ramasse un des sacs de sel, et à petits pas, le suit dans la grotte. Le patriarche s'arrête dans son recoin préféré, là où la horde lui a amoncelé des branchages et des feuillages confortables, et d'où il peut surveiller les allers et venues, l'activité de l'abri.

Cérémonieusement, Peau-Grêlée entr'ouvre la peau moisie, déchirée par endroits, en extrait un beau coquillage moiré qui brille faiblement dans la lumière adoucie de la grotte, le débouche. Le vieux y plonge un index noueux et marbré de tâches brunes, l'ongle jaune ébréché. Il en extrait quelques grains de sel, les porte à sa bouche, et son oeil valide, à la paupière plissée comme une feuille séchée, rit de contentement.

Non loin, Tape-le-Bois percute inlassablement le tronc creux. Il fini cependant par s'interrompre, par attendre que ses oreilles douloureuses entendent à nouveau, pour qu'il puisse prêter attention aux bruits de l'extérieur.

Puis il reprend. Pour s'arrêter à nouveau. Ca y est, cette fois il perçoit, ténu, dans le lointain, un autre cognement répété. Tape-le-Bois déplie ses jambes ankylosées, sort sur la plateforme, écoute. Il n'y a pas de doutes. Ceux-du-Grand-Lac répondent, ils ont entendu l'appel.

Il retourne alors à son tambour, envoie le message : Quelques coups rapides. Silence. Quelques coups rapides. Silence. Une longue série de coups frénétiques.

En retour, une volée de coups accuse réception. Ceux-du-Grand-Lac, un peu plus loin dans la vallée, savent que les voyageurs du sel sont de retour.

Le brouhaha s'est interrompu, la horde transporte les sacs de sel à l'abri dans le fond de la grotte. Des noix, des fruits, des oeufs sont apportés pour les voyageurs. Les échanges volubiles de l'arrivée deviennent des conversations discrètes ponctuées de signes rapides, de grimaces, de mimiques. On mange, on se touche, on s'épouille. Les vieilles examinent les pieds blessés des marcheurs. Jolies-Fesses, de retour de sa discrète escapade avec Marche-Loin, écrase des plantes succulentes entre des galets et les applique sur les coupures, les ampoules, les hématomes.

Tape-le-Bois s'est isolé plus loin, en compagnie de Crache-Noyaux. Ils écoutent le battement continu du Tambour-de-Bois de Ceux-du-Grand-Lac, que répètent les échos renvoyés par les collines.

Bientôt le cognement s'interrompt. Tape-le-Bois fait un geste impérieux pour imposer le silence.

Tous écoutent. Du fond de la vallée, très faible, le battement d'un autre Tambour-de-Bois répond à celui des abris du Grand-Lac. Le batteur à l'entrée de la grotte principale du Grand-Lac attend le silence, puis à son tour passe le message : Quelques coups rapides. Silence. Quelques coups rapides. Silence. Une plus longue série de coups.

A nouveau, quelques coups à peine perceptibles, du fond de l'horizon, indiquent que Ceux-du-Petit-Lac ont eux aussi bien reçu le message.

Avant que le soleil ne se couche sur les collines, les occupants de la vallée, tous avertis maintenant, seront massés autour de Joue-Fendue, Marche-Loin, Casse-Cailloux et les autres.

Le sel tant convoité sera partagé. Les voyageurs garderont une grande part de sel, qu'ils pourront aller échanger avec le Peuple-des-Pierres contre des obsidiennes. Le reste sera réparti entre les grottes du Peuple-du-Sel, celles des collines et, à une journée de course en amont le long de la rivière, celles des montagnes, là où le miel est abondant.

Jusqu'au coucher du soleil ceux des grottes affluent, apportant des noix, des figues, des racines.

Ceux-du-Grand-Lac viennent avec des poissons encore vivants, patiemment pêchés en faisant le guet assis immobiles dans l'eau peu profonde, jusqu'à ce qu'une proie imprudente s'approche à portée de leur main étalée paume en l'air sur les galets du fond. Lorsque le poisson passe au-dessus, le pêcheur le projette vivement sur la grève, et se précipite pour empêcher l'animal frétillant de regagner le lac.

Pour apporter jusqu'à destination leur butin glissant et gigotant sans qu'il ne leur échappe, Ceux-du-Grand-Lac le maintiennent en le mordant, leurs dents solidement serrées dans l'ouïe du poisson.

Au soir, après être allés boire à la rivière en contrebas, les voilà assemblés autour de la grotte, à festoyer.

Les poissons apportés vivants sont tués à coups de pierre et éventrés, soit avec les dents, soit à l'aide d'une pierre, tandis que les noix sont éclatées entre deux galets. Tous mangent, jusqu'à ce que les enfants, vite rassasiés, s'égaillent dans les rochers alentours avec des rires et des cris.

Avant que le soleil n'atteigne l'horizon, Tape-le-Bois, qui avait disparu quelques instants plus tôt avec un complice, revient d'un petit abri voisin, son bras replié garni de grandes feuilles, sur lesquelles il a déposé des fruits à demi décomposés, qui exhalent une odeur prenante.

Jolies-Fesses, Grands-Yeux, Marche-Loin et quelques autres s'attroupent aussitôt, et les doigts dégoulinants, les yeux luisants de plaisir, gobent à grand bruit les fruits fermentés, qui disparaissent promptement.

Tape-le-Bois, avec un regard amusé, retourne se réapprovisionner. Un peu plus tard, après qu'il ait fait quelques allers et venues, les bras chargés, leurs gestes deviennent plus démonstratifs, leurs cris hystériques, leurs rires plus bruyants.

Bientôt, dans l'euphorie générale, Grands-Yeux entraîne d'un pas incertain Cherche-Poissons, Fleurs-Cheveux et Jolies-Fesses vers le fond de l'abri. Marche-Loin les suit de ses yeux embrumés par l'ivresse, tente de se relever pour leur emboîter le pas, se redresse avec peine, titube et retombe. Il se résigne et tend sa main pour écoper, dans le bras replié de Tape-le-Bois, un peu de pulpe et de peaux oubliées, qu'il porte maladroitement à sa bouche. Son visage est tout barbouillé, et l'on devine, dans la pénombre qui s'étend, des gouttes dégouliner dans les poils sombres de son menton.

Les lacs des collines

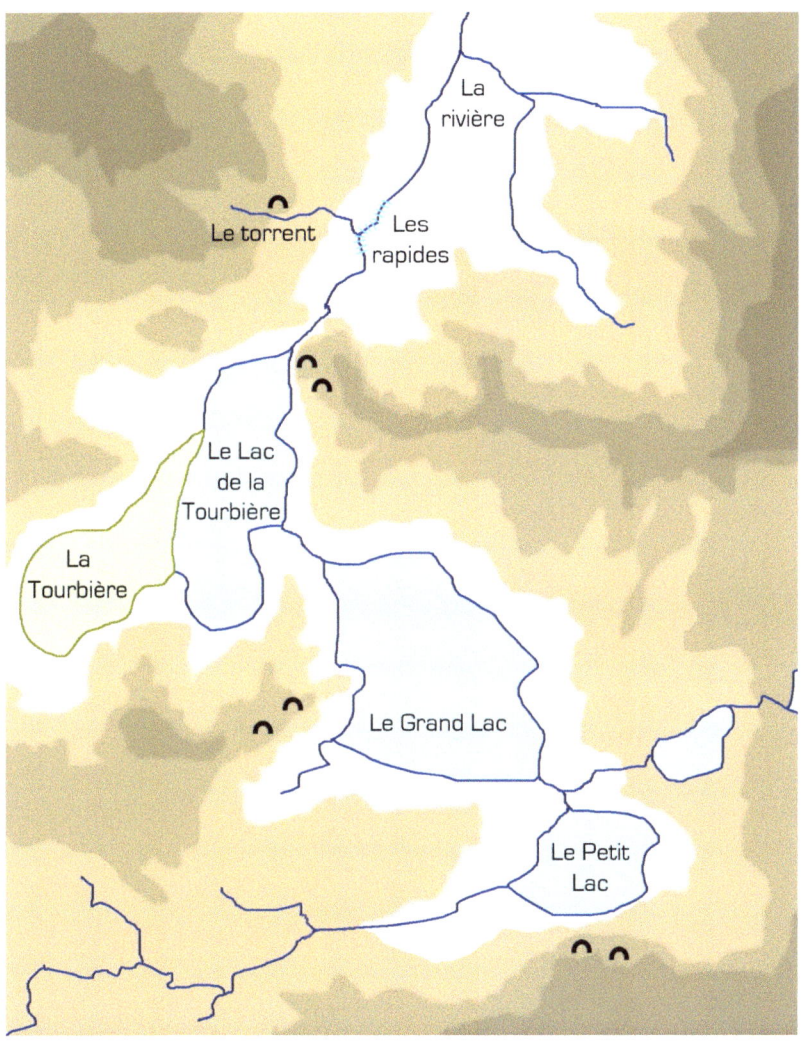

Crie-Coquillage

Le lendemain un coureur est envoyé aux Lacs-des-Montagnes, trop éloignés pour que les Tambours-de-Bois puissent les informer, pour leur annoncer le nouveau chargement de sel, et la visite prochaine des voyageurs.

Avant de remonter plus haut le petit cours d'eau qui relie les lacs, ces derniers se reposent quelques jours, dorlotés par Ceux-des-Collines. Ils pêchent avec Ceux-du-Grand-Lac, sillonnent la forêt environnante avec Ceux-du-Lac-de-la-Tourbière à la recherche de noix, de petits animaux. Ils collectent des écrevisses dans les ruisseaux. Longues-Mains passe du temps avec Soigne-Plantes, une femelle du Grand-Lac, qui lui enseigne les herbes qui guérissent.

Grand-Yeux, comme à son habitude, passe du temps à guetter les femelles qui partent cueillir des baies dans la forêt. Elles s'en amusent, minaudent, mais le repoussent lorsqu'il est trop insistant. Lui ne se décourage jamais.

Quelques matins plus tard, Joue-Fendue, Marche-Loin, Crache-Noyau, Grands-Yeux et quelques-uns du Petit-Lac partent pour les Lacs-des-Montagnes, chargés de sacs de sel. Il en ont laissés à ceux des Lacs-des-Collines, et emportent avec eux de quoi réjouir leurs parents du Lac-des-Sources et du Lac-du-Haut. De plus ils transportent du sel qui pourra être échangé avec le Peuple-des-Pierres contre des Galets-qui-Tranchent, lorsqu'ils pourront les rencontrer.

La route familière qui relie les lacs du Peuple-du-Sel leur semble facile après leurs tribulations sur la rivière qu'ils ont remontée depuis la côte. Ils prennent leur temps, passent les nuits dans les petits abris temporaires que des générations des leurs ont fréquentés. Ils y trouvent des noix, que les rongeurs n'ont pas dévorées, laissées par les derniers à être passés. Ils y trouvent également des couches confortables de fougères séchées, des bâtons et des cailloux à lancer pour se défendre.

Ils atteignent le Lac-des-Sources un matin de brouillard. Ce n'est que lorsque le sentier débouche sur la grève qu'ils aperçoivent l'étendue calme du lac bordée de roselières. Dans la lumière laiteuse ils contemplent un instant l'eau qui clapote sous des lambeaux de brume qui stagnent au ras des nénuphars.

Ils longent la rive, à la limite des joncs. A leur passage des oiseaux fuient dans un grand froissement d'ailes et se faufilent dans la végétation jusqu'à la surface libre du lac. Après avoir, en s'écartant de la rive, traversé sur des pierres émergées un torrent d'eau claire qui descend des montagnes, et remonté sur le versant, ils arrivent à la grande grotte de Ceux-du-Lac-des-Sources. Elle est située un peu au-dessus de la nappe de brouillard qui noie la petite vallée entre les montagnes, le lac, et les marécages qui l'entourent. Les occupants ne les voient arriver que lorsque les marcheurs amorcent la dernière ligne droite du sentier herbeux qui grimpe en oblique vers l'abri. Un enfant qui jouait avec des cailloux se précipite à l'intérieur en criant, puis revient et pointe le doigt les nouveaux arrivants. Derrière lui, une mère porte sur sa hanche un nourrisson. Des sourires de reconnaissance s'échangent, et bientôt s'attroupent autour des voyageurs les anciens restés à l'abri, ainsi que des femelles avec des petits enfants. Tous les autres sont dispersés autour du lac ou dans les montagnes, en quête de nourriture.

Ils restent devant la grotte, à se regarder, à se toucher, à se parler avec des mots et des gestes. Puis le silence se fait, tandis qu'apparait sur le seuil, à petits pas hésitants, le vétéran du Peuple-du-Sel, le Bègue, soutenu par une jeune femelle aux yeux en amandes.

Le vénérable vieillard s'assoit sur un coussin d'herbes que les plus jeunes glissent promptement sous son vieux corps sec qui s'affaisse sur le sol, le dos contre la paroi. Il est là, ses mains décharnées posées sur ses genoux anguleux, ses jambes maigres croisées, sa vieille tête rejetée en arrière. Sur sa peau noire et ridée, son poil blanchi est tout frisé, à l'exception des quelques cheveux pâles, droits et raides qui tombent en éventail sur ses épaules pointues. De part et d'autre de son grand nez arqué, aux larges narines envahies de poils blancs, de profondes crevasses remontent depuis son menton jusqu'à ses yeux. Ses yeux ! Comme à chaque fois, les regards sont captivés par ses yeux. Liquides, mobiles, rieurs, pétillants d'esprit et de savoir. Jeunes comme ceux d'un enfant.

Ils sont maintenant tous là, autour de lui, attentifs, attendant qu'il s'exprime. Même les petits se taisent, sentent confusément qu'il se passe quelque chose d'important. Le Bègue entrouvre enfin ses lèvres sèches, dévoilant des chicots jaunâtres, et d'une voix éraillée, chevrotante, hésitante, remercie les visiteurs pour le sel tant attendu.

Les réserves étaient épuisées, et Ceux-des-Montagnes se contentaient de poissons fades, de racines insipides. Le sel est de retour.

Le regard du vieux va de Marche-Loin à Joue-Fendue, puis à Crache-Noyaux, s'attarde sur les sacs de sel jetés sur leurs épaules. Ils comprennent, et viennent tous déposer le sel à ses pieds. Les vieilles peaux puantes, entrouvertes, laissent voir les coquillages nacrés bouchés par des herbes et de la mousse, qui contiennent le trésor tant convoité, tant attendu.

Ceux-de-la-Montagne découvrent avec surprise les grandes conques que Crache-Noyaux a trouvées là-bas sur la côte, plus grandes que tous les coquillages qu'ils ont vus jusqu'alors. Même le Bègue, qui a tant vécu, marque son étonnement par un grognement.

Crache-Noyaux prend alors pleinement conscience de la valeur des conques, de leur rareté, de leur étrangeté.

Ses mains se posent sur la plus grosse, se crispent dans un irrépressible geste de possession. C'est bien lui, n'est-ce pas, qui l'a découverte, qui l'a transportée, au prix de tant de peine, jusqu'ici?

Dans un silence un peu gêné, son regard s'élève vers les yeux intenses du Bègue. Celui-ci comprend les mots que Crache-Noyaux ne parvient pas à prononcer, tant son visage, sa posture, son regard sont éloquents. Le vieillard, alors, après une courte pose, un instant suspendu, rassure Crache-Noyau, marque son assentiment d'un clignement de paupières. Tout de suite, les mains de ce dernier plongent dans le sac, en extraient la grande conque, lourde du sel contenu, la serrent contre sa poitrine. Les autres se regardent, il y a des hochements de tête, des grognement de surprise, et quelques sourires amusés.

L'ambiance se détend alors, tandis que retentit le tonnerre du Tambour-de-Bois couché sous l'avancée de roche, à l'entrée de l'abri. Le Bègue raconte que les ancêtres de Ceux du Lac-des-Sources ont beaucoup peiné à traîner jusque là le tronc sec et creux du vieil arbre qui se mourrait sur la pente, plus haut, entre l'abri et les sources chaudes. Ils ont poussé, tiré, essayé de le rouler, et peu à peu, l'énorme cylindre gris a pu être acheminé jusqu'où, maintenant, il trône, appuyé sur deux branches solides et calé pour qu'il ne puisse rouler. Des enfants se sont glissés à l'intérieur pour gratter les parties molles et pourries, jusqu'à ce qu'il rende un son profond et puissant. Encore aujourd'hui, il sert de cachette dans les jeux, et lorsqu'un petit s'y dissimule, il ne manque pas d'y avoir un facétieux qui frappe vigoureusement le tronc. L'enfant assourdi et apeuré en jaillit alors, sous les hurlements de rire des adultes.

Là maintenant, la jeune femelle aux yeux en amande qui a aidé le Bègue à sortir de l'abri martèle le tambour avec un bâton noueux, pour avertir la horde dispersée, ainsi que Ceux-du-Haut, plus loin dans le vallée.

Crache-Noyaux est toujours là, debout, hésitant, la conque serrée contre sa poitrine. Il veux garder la conque. Mais il veut laisser le sel qu'elle contient à Ceux-des-Montagnes, pour pouvoir, en retour, comme chaque fois, goûter le miel savoureux, les Fruits-qui-Font-Rire, les Champignons-du-Rêve.

Après un long moment, il décide de confier à Joue-Fendue l'immense coquillage devenu subitement si précieux, et à se mettre à la recherche de coquilles d'escargot pour y garder le sel qu'il en extraira.

Avec des sourires, il enrôle les enfants qui s'égaillent alors dans les rochers sur les pentes autour de la grotte. Ils savent où chercher. Les adultes les suivent du regard, vaguement amusés du manège.

Tandis que les jeunes reviennent avec des coquilles d'escargots ramassées au pieds des buissons, des adultes avertis par le Tambour-de-Bois gravissent le sentier. Peu à peu ils entourent les visiteurs. On se congratule, et un petit coquillage de sel circule déjà.

La brume se dissipe peu à peu et le soleil révèle l'étendue grise puis bleutée du Lac-des-Sources. En amont, ils devinent l'embouchure du petit cour d'eau qui descend du Lac-du-Haut, plus loin en direction des montagnes. Ceux de là-bas, qui ont répondu sur leur Tambour-de-Bois, sont en route.

De la nourriture circule, que ceux qui remontent du lac ont apportée, des écrevisses dont la carapace a été brisée pour qu'elles ne bougent plus et soient facilement transportables, des grenouilles écrasées sous un galet, un grand poisson de vase à la gueule moustachue. On, s'installe au soleil, on bavarde d'une voix gutturale, on gesticule, on crache et on rote, on rit.

Seul Crache-Noyaux ne participe pas aux agapes, tout occupé qu'il est à transférer le sel de la grande conque vers les coquilles d'escargots qui s'accumulent devant lui sur une grande pierre plate, apportées par des bambins intrigués par son activité insolite. Il peine à expliquer aux petits autour de lui, de moins en moins attentifs, de plus en plus attirés par la nourriture distribuée alentour, qu'il a besoin maintenant de mousse sèche pour obturer les coquilles.

La conque est presque vide, il tapote, il secoue. Du sel humide et collant reste toutefois dans le fond de l'enroulement, ne tombe que grain à grain. Crache-Noyaux s'énerve, peste, s'impatiente. Il tapote la conque avec un galet rond, insiste, s'obstine. Un petit tas de sel tombe sur la grande pierre plate. Il en reste à l'intérieur, cependant, Crache-Noyaux en est persuadé. Il frappe plus fort, latéralement, sur les derniers enroulements de la conque.

Un craquement sec. La nacre du grand coquillage a cédé. Un trou rond s'ouvre maintenant, sur le côté, près de la pointe de la conque. Il distingue à l'intérieur, agglutinés contre la surface brillante du coquillage, des grains de sel gris.

Crache-Noyaux s'immobilise, interdit, frappé du sentiment d'avoir détruit son trésor. Lorsqu'il lève enfin les yeux, il croise le regard désapprobateur de Joue-Fendue qui, depuis qu'il s'était mis à frapper sur la conque, ne le quittait pas des yeux.

Vaguement honteux, il tente d'introduire son doigt dans l'ouverture, pour gratter le sel. Le trou, trop petit, ne laisse passer que l'extrémité de son ongle.

Contrit, frustré, Crache-Noyau, des deux mains, porte la conque à sa bouche, souffle de toutes ses forces pour chasser le sel dans l'enroulement. Souffle encore.

Et… Un son ample, doux et ferme à la fois, timbré, inconnu, étrange, résonne soudain.

Toutes les têtes de tournent. Interdit, Crache-Noyaux regarde la conque, ne comprend pas. Prend conscience des regards dirigés vers lui. Incertain, il repose ses lèvres sur le trou de la conque, souffle à nouveau, de la même manière. Le son étrange retentit à nouveau. Il se sent envahi d'une fierté inattendue. Il souffle alors plus fort, ajuste ses lèvres, et une autre note, plus aiguë, plus stridente succède à la première.

Des murmures parcourent la horde rassemblée, puis des mains claquent, puis d'autres, dans des applaudissements approbateurs.

Grisé de ce succès, Crache-Noyaux fait maintenant sonner la conque, en tire plusieurs sons, les accompagne de cris, tournoie, parade, comme ivre. Ses compagnons rient, heureux de la trouvaille, de l'invention.

Haletant, essoufflé, Crie-Coquillage, comme déjà ils l'appellent, va s'assoir sur le rocher, où il est entouré par les curieux. Des mains se posent sur la conque, qu'il serre jalousement. Il a besoin de se trouver seul, de méditer ce qui vient de lui arriver. Après quelques instants il se lève, le coquillage toujours entre ses mains, et s'éloigne sur le sentier qui serpente vers les sources chaudes. Les autres le regardent partir, sans essayer de le suivre.

Les conversations reprennent, et des fruits circulent de main en main. Des battements frénétiques sur le Tambour-de-Bois résonnent à nouveau, relayés par l'écho des montagnes. Vite, disent-ils à Ceux-du-Lac-du-Haut, il se passe quelque chose !

Les voilà qui arrivent enfin, ils ont couru, montent le sentier, essoufflés, interrogateurs. On leur explique, difficilement, avec des gestes, des mots inappropriés et sommaires, les voyageurs avec le sel, les grands coquillages, le cri extraordinaire de la grande conque.

Dans le tumulte des conversations, Marche-Loin s'échappe, puis revient quelques instants plus tard, avec dans ses bras deux des autres conques restées dans les sacs de peau. Il s'installe sur la grande pierre plate, encore parsemée de sel, que Crache-Noyaux, alias Crie-Coquillage a déserté, et entreprend de vider les grands coquillages. On vient l'aider, et les plus jeunes s'éparpillent à la recherche de coquilles d'escargots.

Plusieurs conques cassent irrémédiablement, et sont jetées parmi les pierres de rebut à la lisière des buissons. Seules deux coquillages sont utilisables.

Vers le soir les deux conques, débarrassées de leur sel, sonnent des notes pures et veloutées que l'écho revoit. Les instruments passent de main en main, chacun s'y essaie. Même le Bègue, taquiné par Marche-Loin, tente, mais en vain, d'extraire un son de l'instrument.

Ils sont tous très excités, euphoriques. Les petits tournoient en criant, sautillent, trépignent.

Alors que le soleil descend sur les collines, Longs-Cils, la jeune femelle aux yeux en amande, monte le sentier vers les sources thermales, à la recherche de Crie-Coquillage.

Elle le trouve immergé dans l'eau chaude et odorante, pensif, environné du brouillard tiède qui se dégage de la source.

Les yeux dans le vague, il ne l'entend pas arriver. Puis, comme un pressentiment lui fait lever le regard, et il voit devant lui la belle femelle, souriante, la main tendue, dans une invitation à la suivre.

Rappelé à la réalité, il cherche du regard la conque, immergée à côté de lui, propre et luisante, qu'il soulève à deux mains, dégoulinante de l'eau trouble et chaude. Il est maintenant debout dans la vasque ovale de pierres noires de la source, les cheveux collés, la peau fumante, le visage fendu d'un sourire, la conque brandie à deux mains au-dessus de sa tête. Il est Crie-Coquillage.

Ce soir, là, autour des grottes, au crépuscule, ils sont tous rassemblés, assis, vautrés les uns contre les autres, dans le brouhaha des interjections et des rires. Sur de grandes feuilles vertes, des Fruits-qui-Font-Rire circulent, et dans l'odeur aigre de la pulpe écrasée et les vapeurs de l'alcool, certains, malgré le bruit, somnolent déjà. Dans l'abri, isolés, silencieux, quelques adultes mâchonnent des Champignons-du-Rêve, et sont déjà partis vers des mondes autres. Parmi eux, Crie-Coquillage, la conque serrée contre son flanc.

Les lacs des montagnes

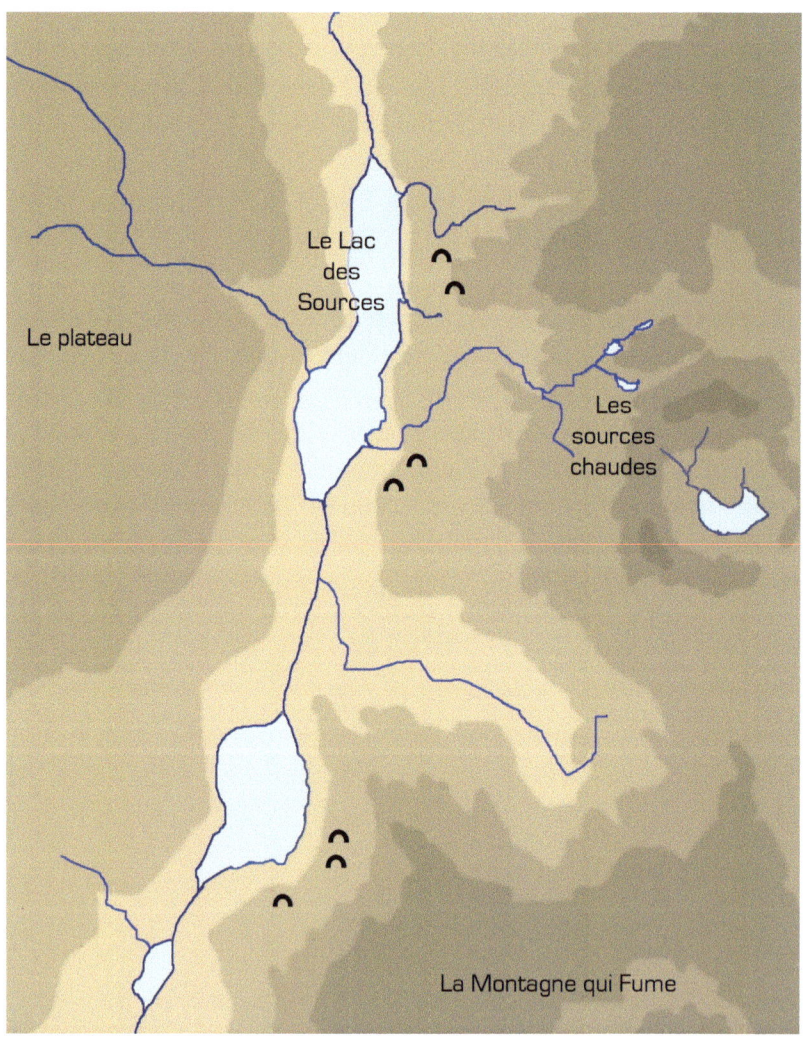

Le Lac des Sources

Le plateau

Les sources chaudes

La Montagne qui Fume

Les visiteurs

Pendant la nuit, le sol tressaute, comme il arrive souvent. Cette fois, des graviers ne dévalent pas les pentes, aucun rocher ne glisse, les berges du lac ne bougent pas. Quelque-uns se réveillent brièvement, sans savoir pourquoi, avant de se retourner et de se rendormir. Ce sont les enfants qui se lèvent les premiers, s'affairent, s'agitent. Ils réveillent, bien malgré eux, le guetteur posté sur le petit promontoire qui domine la vallée, et qui s'était assoupi avant l'aurore, après avoir longtemps lutté contre le sommeil.

Le matin est difficile. Les adultes émergent peu à peu, la paupière lourde, le pas trainant.

Lorsque le soleil est déjà haut dans le ciel exempt de nuages, les plus influents se réunissent autour du Bègue. Il leur faut discuter de l'usage qu'ils feront de l'importante réserve de sel dont ils sont maintenant les possesseurs.

Une expédition est décidée, qui partira, en passant par le Lac-du-Haut, au fond de la vallée, vers les abris du Peuple-des-Pierres, au loin dans les montagnes. Y participeront Joue-Fendue, Grands-Yeux, Marche-Loin, Crie-Coquillage et d'autres des Lacs-des-Montagnes, parmi lesquels, en réponse à l'insistance de Crie-Coquillage, la belle femelle Longs-Cils.

Ils emporteront des sacs de sel, qu'ils espèrent troquer contre des Galets-qui-Tranchent. Les meilleures peaux sont sélectionnées, les moins abîmées, regarnies des coquilles d'escargots qui ont été remplies la veille avec le sel des conques. Crie-Coquillage, qui ne quitte plus celle dont il exhibe fièrement la surface nacrée à tous ceux qui manifestent un intérêt, sera dispensé de porter du sel.

Ceux qui sont volontaires ou désignés pour le voyage prennent le temps de se baigner dans les sources chaudes au-dessus des abris, de délasser leurs membres, de se frictionner avec des poignées d'herbe mouillée, avant de quitter le Lac-des-Sources pour suivre la petite rivière qui remonte la vallée.

Lorsqu'ils partent, ils sont accompagnés par ceux qui rentrent aux abris du Lac-du-Haut, retrouver les femelles, les enfants et les vieux restés là-haut. Le Bègue est avec eux, qui veut rendre visite à Cherche-Miel et à ses frères. Le frêle vieillard est porté par deux mâles robustes qui se relaient sur le petit sentier.

Avant la fin du jour ils arrivent au bord du Lac-du-Haut, environné de forêts, sauf sur la rive pentue et herbeuse où sont couchés les immenses rochers plats sous lesquels se trouvent les abris de ceux qui vivent là.

L'accueil, ici aussi, est très chaleureux. Ceux-qui-Sont-Debout s'affairent à installer le Bègue sur une couche de fougères odorantes. Il est aussitôt entouré des plus anciens de l'abri. Le soir, les habitants puisent dans les provisions de noix et de fruits gardées au fond des abris.

Au petit matin, les pêcheurs s'éparpillent pour capturer des poissons, tandis que des cueilleuses se dispersent dans la forêt. Des jeunes vont chercher, dans les sous-bois, sur les arbres morts et pourrissants, dans l'humus autour des souches, des champignons jaunes et gris, et, en effritant le bois vermoulu, des grosses larves qui se tortillent, blanches et savoureuses.

Devant l'insistance de la horde, Cherche-Miel, à peine remis de la dernière récolte lors de laquelle il a été cruellement piqué par les abeilles, accepte de partir en quête d'une ruche. Il disparait vers le bout du lac, à l'orée de la forêt, là où les arbres creux et les fleurs abondantes attirent les butineuses.

Il a repéré une ruche, un peu plus haut, à la lisière du bois, qu'il éventre en faisant levier avec un robuste bâton dans l'ouverture du tronc creux. La main protégée par de longues herbes enroulées sur ses phalanges, il arrache vivement dans la ruche ouverte un rayon de cire prometteur et s'enfuit à toutes jambes, environnés d'une nuée d'abeilles tourbillonnantes, jusqu'au lac dans lequel il plonge. Cherche-Miel reste sous l'eau le plus longtemps possible, tout en s'éloignant de la rive, avec de vigoureuses poussées de ses pieds palmés. Lorsqu'enfin il reprend son souffle à la surface, des abeilles qu'il n'a pas noyées sont encore accrochées dans ses cheveux. En s'en débarrassant, il se fait piquer les doigts. Il rentre ensuite à la nage, son butin maintenu d'une main au-dessus de la surface, en espérant ne pas avoir trop perdu de miel dans le lac.

Le voilà très entouré. Des mains plongent vers le trésor si chèrement gagné, des rires fusent. Les mères rapportent du miel aux enfants, qui lèchent les doigts tendus. Cherche-Miel apporte un fragment de rayon dégoulinant au Bègue. Le vieillard gourmand l'accepte avec un sourire. Ses yeux plissés trahissent son plaisir.

Une abondance de nourriture est rassemblée avant le soir, pour fêter le départ de la petite caravane vers le pays du Peuple-des-Pierres. Les marcheurs partiront dès le matin suivant, et remonteront la rivière, en amont du lac, vers les montagnes. En progressant sans hâte, il leur faudra le temps qui s'écoule entre une lune pleine et la suivante. Ils ne pourront pas emporter de nourriture, ni d'eau. Ils ne porteront que du sel et la grande conque dont Crie-Coquillage ne se sépare plus. Le prestige qui y est attaché renforcera, assurément, le statut du Peuple-du-Sel auprès du Peuple-des-Pierres.

Lorsque le soir tombe, les voyageurs se gavent de nourriture, en prévision de la longue marche. Autour d'eux, on s'affaire, on palabre, on gesticule.

Depuis l'entrée des abris, on voit le lac, et au-delà, le soleil rouge qui plonge derrière la montagne. Le croassement des batraciens tout en bas dans les roseaux couvre le clapotis de l'eau et le bruit des pas.

Pour épater ceux qui ne sont pas descendus jusqu'au Lac-des-Sources, Crie-Coquillage exhibe sa conque, la fait passer de main en main, sans la quitter du regard, puis, très cérémonieusement, d'un air sérieux, la porte à sa bouche et en tire un doux beuglement, un cri à la fois profond, mat et vibrant, comme celui d'un puissant animal. L'écho lui répond, et, à la surprise générale, un instant plus tard, un sifflement strident. Puis un autre, et un autre encore. Juste en contrebas des abris, derrière un repli de terrain.

Tous s'immobilisent, le silence se fait. On n'entend plus que les grenouilles dans les roseaux, au bord de l'eau.

Puis des silhouettes se dégagent, sur le petit chemin qui remonte du lac. A contre-jour dans le soleil couchant, on ne distingue pas bien. Certains, furtivement, dans un réflexe de défense, empoignent une pierre, ou un bâton.

Ceux qui s'approchent ne sont pas des fauves, ni des êtres de la forêt. Ils avancent droit, sur leurs jambes. Ils sont de Ceux-qui-Sont-Debout. Les visiteurs s'approchent encore. Ceux des abris voient maintenant que les nouveaux venus sont un peu plus grands qu'eux. Qu'ils sont nombreux. Que leur démarche est lasse, leurs épaules affaissés de fatigue. Il y a des adultes, quelques adolescents. On ne voit aucun nourrissons, aucun vieux.

Sur un grognement du Bègue, les rangs s'écartent pour qu'il puisse lui aussi voir les nouveaux arrivants.

Il écarquille ses vieux yeux usés, puis lève la main en signe de bienvenue. C'est le Peuple-des-Pierres, annonce-t-il.

Les premiers arrivent à l'abri. Ils sont un peu hagards, ils ont l'air épuisés. Leurs joues sont creuses, leurs yeux rouges. Plusieurs toussent.

Ceux des abris, leur panse pleine, et jusqu'alors l'esprit euphorique, se taisent, s'écartent, mi-respectueux, mi-apeurés.

Ceux qui, les plus nombreux, n'ont encore jamais été en contact du Peuple-des-Pierres dévisagent les inconnus, détaillent les cheveux crépus, bruns dorés, la haute stature, les mains peu palmées, les longues jambes, le nez plus court et plus retroussé que le leur. La peau un ton plus clair que celle du Peuple-du-Sel. Ils sentent la différence, et en même temps, la proximité.

Les rangs se sont maintenant complètement écartés de part et d'autre du Bègue, qui essaie de se relever. Ce n'est qu'avec l'aide de Longs-Cils qu'il y parvient. Il esquisse quelques pas mal assurés en direction de ceux du Peuple-des-Pierres. Sa vieille tête oscille et son bras tremble, mais son regard est ferme.

Un des étrangers se détache du groupe. C'est une femelle encore jeune, à l'immense chevelure en couronne autour d'un visage sans rides. Ses yeux bruns sont fixés sur ceux du vieillard, tandis qu'elle avance vers lui, indifférente à ceux qu'elle frôle. Elle porte, jetée sur son épaule, une peau de singe remplie d'objets durs qui s'entrechoquent, comme des os ou des pierres.

Elle s'arrête tout près, si près qu'en tendant le bras elle pourrait toucher le patriarche.

Elle prononce maintenant des mots qu'ils ne comprennent pas. Elle hésite, puis reprend. Elle ponctue avec des gestes, et ils croient saisir des bribes de leur langue, prononcés avec un fort accent. Ils comprennent que le Peuple-des-Pierres est venu vers eux, poussé par le malheur.

Le Bègue dit enfin, de sa voix chevrotante, des mots étranges qui sonnent comme ceux que l'étrangère a prononcés. Dans les rangs des visiteurs, des soupirs, des grognements indiquent qu'eux comprennent. Maintenant ils s'avancent encore, s'accroupissent, s'assoient parmi ceux des abris.

Sur un geste du Bègue, la nourriture est apportée, qui disparait très vite dans les estomacs des marcheurs affamés.

Progressivement, la tension qui était si palpable chute, et les arrivants se mêlent aux autochtones. Parmi eux, un mâle svelte dont le visage n'est pas étranger à ceux du Lac-du-Haut : Il est arrivé, il y a bien longtemps déjà, avec une des expéditions venue échanger des Galets-qui-Tranchent contre du sel.

Les visiteurs sont toute une troupe, presque aussi nombreux que ceux du Lac-du-Haut, mais le Bègue ne sait pas les compter.

Ils se mettent progressivement à leur aise, maintenant, toussent moins, et leurs regards circulent sur les visages de leurs hôtes, tandis que des doigts s'avancent pour palper des épaules.

Dans la nuit qui tombe, tous se regroupent, indistinctement. Des fruits passent de main en main, des petits poissons. La belle femme à la grande chevelure, qui a parlé la première, est assise à côté du patriarche, le sac de peau de singe sur ses genoux. Grands-Yeux, accroupi un peu à l'écart, ne la quitte pas des yeux. Et, déjà, avec une pointe de jalousie, Crie-entre-ses-Doigts le surveille à la dérobée.

Dans la nuit qui s'épaissit, on se regroupe sous la voûte basse de l'abri. On se touche, des chevelures se mêlent. Il faudra se serrer, cette nuit.

Demain, les anciens devront parler de la situation, décider de l'attitude à prendre avec ces visiteurs.

Demain…

Les eucyons

Ils sont là, sur le méplat, juste en-dessous de l'éboulis, dans la ravine, vautrés, depuis le soir. A leur arrivée, comme à son habitude, Croc-Brisé a hurlé, longuement, le cou tendu, les yeux clos, tandis que le jour déclinait.

Plus haut, dans la direction du sommet, la clameur des Bêtes-Debout-qu'on-ne-Chasse-Pas lui a répondu.

Maintenant, les petits de la meute se sont pelotonnés contre la fourrure du ventre de leur mère, tètent parfois, comme nonchalamment, le lait rare, se chamaillent pour la place la plus confortable, en jappant. La meute reste regroupée, à l'exception de quelques mâles qui patrouillent dans les environs, s'arrêtent parfois, le cou tendu, la truffe frémissante, à la recherche d'une nouvelle effluve porteuse de l'espoir d'un repas.

La nuit a été douce, des oiseaux ont hululé dans le lointain, et jusqu'à tard, les crapauds ont chanté, plus bas, près de l'Eau-qui-Court et de l'Eau-qui-Dort.

Le ciel pâlit déjà au-dessus de la montagne. A l'opposé, une lune ronde et blanche plonge derrière les collines.

Croc-Brisé est maintenant couché sur son ventre, sa queue poilue rabattue sur son côté, sa tête posée sur ses pattes avant allongées. Ses paupières sont à peine entr'ouvertes sur des yeux jaunes rendus noirs par la pénombre. De temps en temps, une oreille se dresse, bat comme une aile de papillon, lorsqu'un bruit insolite suscite son attention. Ses flancs se soulèvent un peu à chaque respiration qui écarte légèrement ses narines humides. A la commissure de ses babines, une canine ébréchée par un combat oublié fait une tâche plus claire dans l'ombre.

Dans son esprit, derrière ses yeux mi-clos, des images de chasse, de viandes savoureuses et de dévoration lui évoquent tour à tour envie, plaisir et frustration. Il revoit la meute cerner une antilope, se précipiter pour lui mordre les mollets, sauter à sa gorge tendre. Il revit le plaisir intense des os qui cèdent sous ses mâchoires, du sang délicieux qui déborde des artères lacérées. Tandis qu'il rêve, des contractions agitent ses pattes et la salive afflue sous sa langue.

Croc-Brisé a faim. Le souvenir de la carcasse que la meute a disputée aux vautours là-bas sur la savane, après le départ des dinofelis repus, n'est plus que le souvenir vague des os rompus et de la moelle savoureuse, des viscères couvertes de mouches. Le souvenir de leur dernier repas, il y a trop longtemps déjà.

Ils ont erré depuis, sont revenus vers les lacs, l'eau-qui-dort, vers l'autre meute avec laquelle ils ont fait alliance depuis la nuit des temps, celles des Bêtes-Debout-qu'on-ne-Chasse-Pas.

Souvent, la meute des Bêtes-Debout leur abandonne des poissons morts, des carcasses. En retour, Croc-Brisé et les siens montent la garde autour des rochers, avertissent lorsqu'un fauve approche ou que des kolpochoerus maraudent, écartent les meutes étrangères.

Parfois, lorsqu'ils se retrouvent ensemble dans la savane, ils s'entraident pour rabattre du gibier.

Ceux de la meute de Croc-Brisé sont maintenant venus attendre là, car, de très loin, le vent leur a porté l'odeur de la mort.

Leur odorat subtil a détecté la trace d'une proie prochaine.

Celle d'une Bête-Debout blessée ou malade, qui se bat pour survivre, et qui perd ce combat : Plus haut, au-dessus de l'éboulis, dans leurs abris, les Bêtes-Debout-qu'on-ne-Chasse-Pas veillent l'un des leurs qui agonise.

Croc-Brisé sait que, bientôt, les Bêtes-Debout déposeront en bas de l'éboulis le cadavre inanimé.

La meute attend encore.

Le matin se lève enfin, et l'aurore éclipse la lueur chaude que le lac de lave, en haut de la montagne, au-dessus des abris des Bêtes-Debout, jette sur les rochers du sommet.

Les femelles s'étirent et écartent les petits qui protestent. Elles descendent, à tour de rôle, laper l'eau claire à la source en contrebas, puis reviennent attendre avec les autres. Les odeurs musquées qu'apporte la brise disent que leur repas est pour bientôt.

Le soleil s'est maintenant bien dégagé de l'horizon, au-dessus des montagnes, au-delà de la vallée. Des grottes plus haut parviennent des cris, des lamentations. En bas, la meute est en alerte, les adultes s'ébrouent, s'écartent de la ravine, s'agitent.

Avec des cris scandés, comme une mélopée, les Bêtes-Debout descendent prudemment l'éboulis, portant la forme inanimée d'une vieille femelle. Il la déposent délicatement dans les cailloux, s'immobilisent un moment, puis remontent sans se retourner.

La meute se précipite sur la dépouille, arrache la chair pauvre, démembre la carcasse maigre, brise les os. Des museaux rouges de sang se disputent les viscères, les eucyons dominants grondent pour s'approprier les meilleurs morceaux.

Avant même que les mouches n'aient investi le cadavre, il n'en reste plus que les os trop gros pour être broyés par les fortes mâchoires des adultes de la meute, les têtes des tibias, le bassin, le crâne.

Bientôt, Croc-Brisé et les autres s'écartent en se pourléchant les babines, pour aller se coucher à l'ombre plus bas, sur les rochers qui bordent l'eau-qui-court, dans l'odeur des fougères et le chant du courant.

Sur l'éboulis, au soleil, un essaim de mouches vrombit maintenant autour de ce qui reste de la Bête-Debout qu'ils ont mangée parce qu'elle était morte.

Dans une lune ou deux, ceux des abris descendront chercher, s'il est encore là, le crâne blanchi que les petites bêtes innombrables auront nettoyé, et le placeront dans la niche, au fond de la grande caverne, avec ceux des ancêtres.

Les Galets-qui-Tranchent

Un-des-Deux et Un-des-Deux nagent de concert, comme à leur habitude, dans le lac dont l'eau très claire laisse par endroit voir les galets du fond. Ils arrivent des abris de la Montagne-qui-Gronde et se dirigent vers ceux de la Montagne-Crépuscule. Après avoir traversé, de l'eau jusqu'aux genoux, la petite rivière qui descend de la Trouée, ils ont préféré nager plutôt que de contourner le lac dans les buissons et les fourrés. Dans la pesante chaleur du jour, la fraîcheur de l'eau clapotante est bienfaisante. Quelques poissons filent lestement sur leur passage. Leurs ombres projetées par un soleil très haut dans le ciel courent sur les cailloux du fond. Les deux nageurs se coulent avec aisance comme deux torpilles noires, leurs longs cheveux bouclés serrés collés sur leur tête et leurs épaules.

Près du rivage, avant d'aborder la berge herbeuse, ils traversent une zone, peu profonde, ombragée par quelques vieux arbres penchés au-dessus de la surface du lac. Autour d'eux, une profusion de petites masses gélatineuses, blanchâtres et translucides, pas plus grandes qu'une noix, peuple l'eau limpide. Régulièrement, lors des lunes l s plus chaudes, les petites méduses d'eau douce qui ne piquent pas apparaissent dans le lac.

Un-des-Deux et Un-des-Deux n'y prêtent pas attention et traversent cette multitude à la nage, puis prennent pied sur les grosses pierres noires du bord.

Les voilà dressés, côte à côte, silhouettes dégoulinantes tellement semblables que seule leur mère sait les distinguer.

Elle les a enfantés une nuit de lune ronde, accroupie dans l'eau du lac, assistée par Mamelles-Sèches, qui marchait encore bien.

Sous le grand soleil, leur tignasse s'égoutte sur leurs épaules, en ruisselets qui parcourent leur peau sombre et satinée jusqu'à la touffe rousse de leur pubis, et au-delà le long de leurs jambes fuselées.

Plus haut, accroupie dans l'ombre d'un grand arbre, leur mère qu'il n'ont pas remarquée encore les observe, un sourire fugace sur ses lèvres, les yeux plissés de regarder la lumière brûlante que réverbère le lac.

Elle les trouve beaux.

Les voilà qui remontent le long du ruisseau qui prend source dans une étroite ravine, en-dessous des abris du Peuple-des-Pierres, sur la pente de la Montagne-Crépuscule, et se déverse dans le Lac-aux-Méduses. Ils s'en écartent par moments pour fouiller les fourrés, pour capturer un lézard, pour vérifier si les figues qu'ils ont repérées l'autre lune sont déjà mûres.

La femelle qui les observait a quitté le rocher sous le grand arbre, elle remonte à pas lents vers le petit abri, juste en-dessous de la grande grotte. Elle sait pourquoi ses fils viennent, elle va préparer pour eux ce qu'ils sont venus chercher.

Les jumeaux flânent encore, s'essaient à lancer, de toute la puissance de leur bras, des cailloux vers le Lac-aux-Méduses en contrebas, dans l'espoir vain de l'atteindre. Ils rient, s'entêtent.

Enfin lassés de leur jeu, ils reprennent leur ascension vers les grottes.

Après maints détours ils prennent pied sur la petite corniche qui précède le premier abri.

Leur mère est là, ainsi que les anciens et des petits enfants. Sur une pierre plate, à l'ombre, un grand poisson barbu à la peau bleuâtre est étalé, éventré, son ventre livide entr'ouvert sur ses viscères.

A l'aide d'un galet cassé très noir, grand comme la moitié d'une main, luisant comme s'il était mouillé, et dont l'arrête tranche bien mieux que toutes les Pierres-qui-Coupent que les habitants des autres lacs connaissent, Mamelles-Sèches, sans effort, découpe le flanc du poisson, détache les nageoires, sépare la tête.

La vieille femelle aux cheveux frisés blancs et rares, d'une main décharnée mais étonnamment précise, écarte les filets, arrache les grosses arêtes translucides, tout en marmonnant des mots, trop bas pour que ceux qui dont là puissent les comprendre.

Les têtes se lèvent à l'arrivée des jumeaux, des sourires sont échangés, accompagnés d'un marmonnement qui tient lieu de salut.

Comme à chaque fois, Un-des-Deux et Un-des-Deux regardent, fascinés, l'outil merveilleux qui déchire plus facilement que les dents de tous les fauves.

Ils s'accroupissent avec les autres, le regard rivé sur la vieille qui travaille. A côté d'elle, posé bien en évidence sur la grande pierre plate, un autre Galet-qui-Tranche, intact, qui n'a pas encore été percuté pour en tirer les deux moitiés aux bords coupants.

Les regards de Un-des-Deux et de Un-des-Deux, comme s'ils n'étaient qu'un, circulent du galet précieux aux yeux de leur mère, maintenant debout à côté d'eux. Elle hoche la tête, leur fait signe de les suivre. Elle les emmène vers une niche profonde située non loin, entre deux des grands abris. Penchée dans le recoin du rocher, elle glisse à grand-peine une grosse pierre pour dévoiler, dans un creux, déposés sur un lit d'herbes, plusieurs pierres noires et luisantes. Dans l'ombre, les jumeaux distinguent des cailloux irréguliers provenant de rochers brisés, ainsi que des galets bien ronds, roulés par une rivière. Ils ont tous l'éclat sombre et velouté du Galet-qui-Tranche avec lequel, tout près, Mamelles-Sèches apprête le poisson.

Le Peuple-des-Pierres, depuis des générations innombrables, collecte les obsidiennes sur le flanc des Volcans-Lointains et dans le lit des rivières, à une journée de marche des lacs, dans les rares endroits où l'érosion, les glissement de terrain, et les sédiments ne les ont pas soustraites à la vue. Parfois, dans quelques lieux gardés secrets, ils creusent pour trouver les trésors qu'ils savent cachés là. Ceux du Peuple-des-Pierres ne savent pas les tailler, ils se contentent de les briser pour obtenir une arête fraîche et coupante. Après quelques temps d'utilisation, lorsque le tranchant est émoussé, ils se hasardent à casser à nouveau la pierre, en espérant que les éclats obtenus ne soit pas trop petits pour être manipulés sans s'abîmer les mains.

Un-des-Deux et Un-des-Deux, maintenant, palpent les Galets-qui-Tranchent, les manipulent, s'agitent. Leur mère intervient, et autoritairement, les empêche de prendre plus d'une pierre chacun. Ils palabrent, hésitent, puis en choisissent une, en lançant sur les autres un regard de regret.

La grande pierre est repoussée pour cacher le trésor, et ils redescendent vers la corniche. La femelle lève les yeux vers le guetteur qui, tout là-haut, surveille la cachette depuis son perchoir dans la fourche d'un grand arbre. Ils hochent tous deux la tête.

Vers le soir, les jumeaux repartent vers les abris du Lac-du-Promontoire, en traversant les lacs à la nage, leur obsidienne solidement maintenue entre leurs dents. Le soleil bas, du côté de leur main maladroite, fait miroiter la surface clapotante parsemée par endroits de grands nénuphars.

Au matin, ceux des grottes du Lac-du-Promontoire, à qui sont destinées les obsidiennes, renverront les jumeaux vers Mamelles-Sèches, chargés de fruits ou de viande. Ils ne pourront pas, cette fois, à leur grand regret, venir à la nage. Leurs bras encombrés les obligeront à marcher sur les rives, en contournant les roselières, sans même pouvoir s'amuser à attraper des grenouilles ou poursuivre les rats qui se faufilent entre les buissons.

Le Lac-Immense

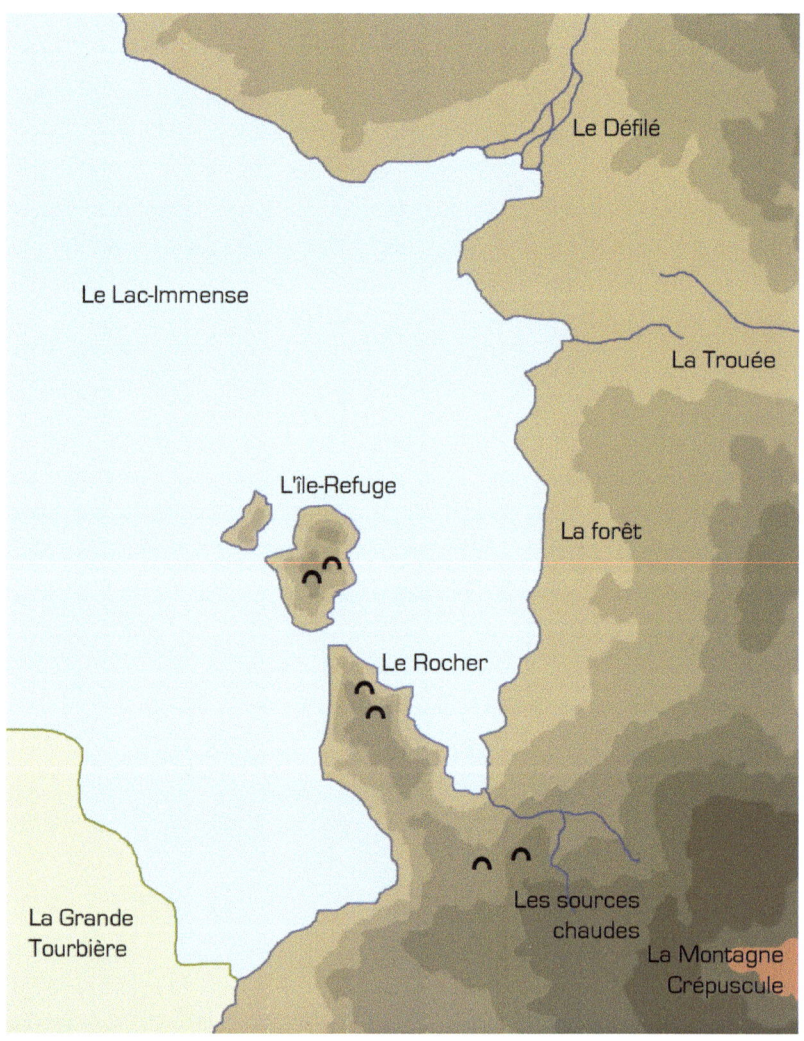

Les volcans

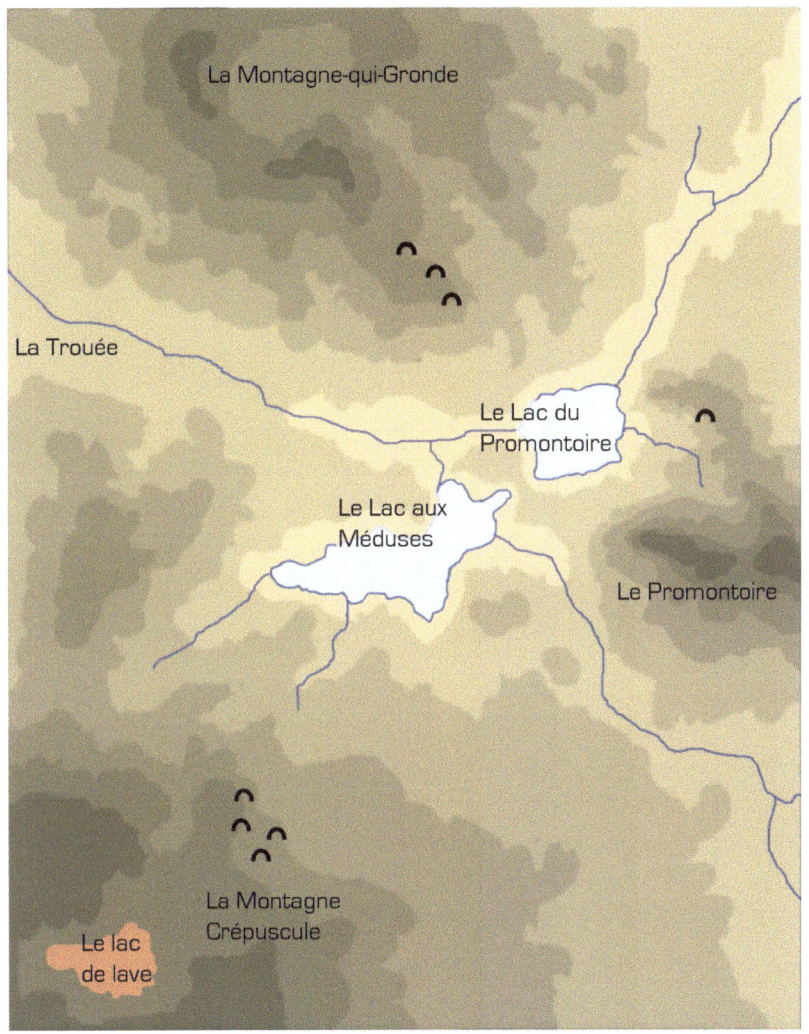

Tête-Nue

Il est assis sur un matelas de mousse fraîche que Ceux-de-l'Ile-Refuge sont allés arracher sur les troncs des arbres qui couronnent l'îlot. Ils l'ont entassé sur plusieurs couches pour former un coussin moelleux qu'ils renouvellent lorsqu'il est trop écrasé ou qu'il est moisi. Le patriarche est là, ses jambes croisées en tailleur, ses omoplates anguleuses appuyées sur une couche de fougères qui le protège de la dureté du rocher qui lui sert de dossier.

D'où il est, sous l'arche qui couvre l'entrée de la caverne comme une visière, Tête-Nue peut contempler le cap rocheux qui avance dans le Lac-Immense. Lorsqu'il n'est pas ébloui par le soleil du matin trop bas sur les montagnes, son regard encore aigu peut y distinguer les bouches sombres des abris perchés haut sur la paroi, auquel on accède par un sentier tortueux qui serpente entre les buissons.

Ici, sur l'île, il est à l'abri des grands animaux, des dangereux carnivores qui de temps en temps s'approchent des grottes du Peuple-des-Pierres, et que Ceux-qui-Sont-Debout, avertis par les hurlements des eucyons, doivent repousser par des volées de pierres.

Ceux des autres abris, autour des lacs, viennent sur l'île lui demander conseil, lui qui est tellement vieux qu'il côtoie aujourd'hui les enfants des filles des filles des femelles qui étaient jeunes en même temps que lui.

Quant à lui, il ne lui arrive plus que rarement de traverser le petit détroit qui sépare l'Ile-Refuge de la rive du Lac-Immense. Il est alors assisté par des compagnons qui l'aident à descendre jusqu'à la berge, et qui l'entourent et le soutiennent lors de la courte traversée, en nageant à ses côtés.

Aujourd'hui le ciel est clair, et la journée radieuse, mais Tête-Nue qui a mal dormi la nuit dernière, rumine des pensées morbides.

Immobile sur son coussin de mousse, le dos contre la paroi, la tête rejetée en arrière, il appuie sur la pierre lisse son crâne qui ne porte plus qu'au-dessus des oreilles quelques touffes de cheveux très blancs. A travers la mince fente de ses paupières mi-closes, il entrevoit devant lui des oiseaux qui planent très haut, dans le ciel sans nuages.

Tête-Nue pense au Peuple-des-Pierres, qui habite les deux vallées, de part et d'autre de la Trouée qui relie le Lac-Immense, du côté du soleil couchant, au Lac-du-Promontoire et au Lac-des-Méduses, du côté du soleil levant.

Il songe à tous ces enfants, que son esprit ne sait pas dénombrer, qui sont nés depuis quelques lunes, dont beaucoup vont survivre, à ces bouches supplémentaires qui vont peser sur les ressources des lacs.

Il se souvient d'un temps ancien, il y a d'innombrables lunes, lorsqu'il était encore un excellent nageur, et qu'il pouvait parcourir sans peine, dans les forêts, la route qui mène au pays du Peuple-du-Sel. La horde était nombreuse, et les abris surpeuplés. Les poissons des lacs, les fruits et les noix de la forêt se sont mis à manquer. Même les oiseaux dont on pillait les nids avaient commencé à disparaitre.

Les eucyons se sont détournés des lacs du Peuple-des-Pierres, mais sont revenus lorsque beaucoup parmi Ceux-qui-Sont-Debout sont morts, et ils ont mangé les cadavres. D'autres de la horde sont partis, le ventre creux, vers le soleil couchant, à la recherche de rivières et de lacs poissonneux, de forêts humides où les champignons, les fruits et les noix abondent.

Les survivants qui sont restés près des lacs ne les ont jamais revus.

Maintenant qu'il est vieux, les hordes sont trop nombreuses à nouveau. Tête-Nue revit le spectre de la famine. Il craint pour son peuple, qui ne pressent pas encore l'imminence du danger.

Déjà, les eucyons quittent de plus en plus souvent les vallées pour aller chasser dans la savane, au-delà du Lac-Immense, au-delà des montagnes du côté du couchant.

Le soleil qui est encore haut est passé derrière le sommet de l'île et une grande flaque d'ombre s'étend sur les eaux du petit détroit. En face, des silhouettes avancent dans l'eau, puis nagent vers l'Ile-Refuge, rentrent dans la nappe d'ombre que l'île projette sur le lac.

Tête-Nue pousse un soupir. En effet, il attend les anciennes, Mamelles-Sèches du Lac-des-Méduses et Sans-Dents des abris sur la côte du Lac-Immense. Voilà les visiteuses qui bientôt abordent l'île, prennent pied sur la grève étroite. Elles sont accompagnées de plus jeunes femelles, Boule-Cheveux et Guetteuse-d'Etoiles. Le vieux les perds de vue, tandis qu'elles gravissent lentement, sur la pente qui mène à lui, le sentier qui se tortille entre les arbres et les fourrés.

Elles débouchent maintenant, obliquement, sur le petit terre-plein devant la caverne.

Elles se regroupent sans un mot, mais avec des hochements de tête de salutation, autour de l'ancêtre. Mamelles-Sèches tient entre ses dents un beau filet de poisson, méticuleusement débarrassé de ses arêtes et de la peau, qui pend sur son menton et de chaque côté de sa mâchoire. Elle le présente en cadeau, sur ses deux vieilles mains à plat, au vieillard dont le visage vénérable se plisse dans un sourire satisfait.

Tête-Nue accepte le poisson, et avec un gloussement amusé ouvre grand sa bouche et montre d'un doigt expressif ses gencives édentées.

Les vieilles sourient, puis déchirent le filet flasque du poisson et en présentent les morceaux aux deux jeunes femelles qui les accompagnent.

Boule-Cheveux et Guetteuse-d'Etoiles, qui ont déjà fait cela par le passé, entreprennent alors de mastiquer la chair savoureuse.

Pendant ce temps, Tête-Nue fait un signe de la main, et de derrière lui apparait un jeune adulte svelte, Longues-Jambes, qui lui apporte une petite coquille d'escargot, et en retire d'un ongle noirâtre le petit tampon de mousse qui l'obture. Le trésor apporté au Peuple-des-Pierres par les voyageurs du Peuple-du-Sel, qui traversent les montagnes pour l'échanger contre des Galets-qui-Tranchent, est conservé jalousement et consommé avec parcimonie. Tête-Nue, en privilège de son grand âge, de son autorité et de sa profonde sagesse, s'offre parfois ce plaisir égoïste d'en consommer devant les autres sans le partager.

Les deux jeunes femelles ont terminé leur besogne. Elles recrachent maintenant une pâte blanchâtre et grumeleuse qu'elles tendent, dans leurs mains en coupelle, à Tête-Nue. Longues-Jambes, en tapotant la coquille de son index fuselé, saupoudre de sel gris le poisson pré-mâché.

Le vieux, avec une avidité surprenante pour un vénérable ancien, s'en empare et déguste, avec une évidente délectation, le cadeau de Mamelles-Sèches.

Lorsqu'il a terminé son repas, Tête-Nue, les mains sur son estomac, l'esprit débarrassé temporairement de ses idées noires, explique aux deux anciennes qu'il serait sage d'organiser des expéditions au-delà des terres connues pour rechercher de nouveaux lacs, pleins de poissons et de grenouilles, de roselières abritant des nids d'oiseaux garnis d'oeufs, des forêts riches en petits animaux qu'on peut manger, en fruits, en racines succulentes, en noix, en plantes comestibles.

En effet les lacs de leurs ancêtres s'épuisent, le Peuple-des-Pierres grandit, les abris peu nombreux sont encombrés. Le grand gibier, qui requiert pour la chasse la collaboration de toute la horde, ne s'approche plus des lacs depuis de nombreuses lunes. Seuls restent les énormes archeopotamus qui broutent, la nuit, sur les rives du Lac-Immense, et paressent entre les nénuphars, dans l'eau jusqu'aux naseaux, pendant les heures chaudes. Les bêtes obèses aux yeux proéminents, à la gueule énorme armée de grandes canines jaunes ont toujours été là, dans le lac.

Parfois, lorsque l'un des archeopotamus se meurt, de vieillesse ou de maladie, à demi-immergé, la horde s'enhardit à l'achever, à prélever de grands lambeaux de chair avant que les prédateurs ne leur disputent la carcasse. Les parties immangeables ou trop coriaces sont rapportées sur la berge et lancées aux eucyons, qui répugnent à se jeter à l'eau. Cette offrande répétée scelle l'alliance ancienne entre Ceux-qui-Sont-Debout et la meute.

Tête-Nue, de sa voix rocailleuse et à grand renfort de gestes amples de ses bras décharnés, dit que le Peuple-des-Pierres ne peut pas compter sur la mort des archeopotamus pour leur subsistance, et qu'il est trop dangereux de se risquer à chasser les bêtes énormes.

Une exploration de nouveaux lacs, qui existent peut-être au-delà des montagnes, est indispensable.

Mamelles-Sèches et Sans-Dents hochent leur tête. Elles comprennent que leurs enfants les plus valides vont devoir partir pour trouver de nouveaux territoires. Certains mourront en route, d'autres peut-être reviendront avec la nouvelle de lacs et de rivières poissonneux.

La tête basse dans l'acceptation de l'inévitable, les deux vieilles se tiennent silencieuses un grand moment. Il va leur falloir en parler aux habitants de leurs grottes, décider qui sera de l'expédition.

Les Pierres-qui-Flottent

Cette nuit, la terre tremble. Ceux des abris en contrebas de la Montagne-Crépuscule, sur le versant qui regarde le Lac-aux-Méduses et sur le versant qui descend vers le Lac-Immense sont réveillés en sursaut. Ils sortent précipitamment des abris. Autour d'eux, des petites pierres descellées dévalent la pente dans les broussailles. Ils restent interdits, serrés les uns contre les autres, lorsqu'une seconde secousse les fait crier de terreur.

Un bruit vaste comme le tonnerre gronde entre les montagnes, se prolonge comme le vacarme d'une chute d'eau.

Puis plus rien.

Après un moment de stupeur, ils regagnent tous les abris, mais ne parviennent pas à se rendormir.

Au lever du soleil, tout est calme. La montagne est étrangement silencieuse, et l'on n'entend pas, comme les autres jours, les cris des oiseaux.

Bientôt les plus jeunes s'éparpillent sur les pentes, à la recherche des rochers tombés de la montagne, dans l'espoir de trouver des pierres intéressantes, et même peut-être des obsidiennes, comme celles qu'ils ramassent près des Volcans-Lointains et qui sont si précieuses.

Ils n'en trouvent pas, mais sur la pente du volcan qui descend vers le Lac-Immense, ils découvrent un éboulement de roches grises qui a dévalé jusque dans le lac, et encombre la grève.

Crie-entre-ses-Doigts qui arrive le premier sur les lieux avertit les autres. Les index et les majeurs aux commissures de sa bouche, en soufflant de toutes ses forces, il émet un sifflement strident que l'écho répercute.

Tous ceux valides parmi le Peuple-des-Pierres accourent et s'attroupent près d'un amoncellement de gros rochers poreux, comme mousseux, qui occupent maintenant la ravine. Une grande quantité de ponces anciennes, comme celles qu'ils trouvent depuis toujours çà et là dans les éboulements, s'est détachée du flanc de la Montagne-Crépuscule et est venue recouvrir la rive du lac. Quelques éclats de roche flottent sur l'eau redevenue tranquille, comme des tortues placides. Les archeopotamus ont prudemment reflué plus loin dans le lac, près de la limite de la tourbière.

Ceux-qui-Sont-Debout regardent longuement le rivage transformé, le champ de rochers qu'il faudra désormais traverser pour contourner le lac.

Insensibles à la gravité de leurs aînés, les enfants s'emparent de petites pierres ponces, les lancent de toutes leurs forces, le plus loin possible dans le Lac-Immense. Les pierres plongent, puis remontent à la surface et ballottent dans les vaguelettes.

Les adultes, dépités de ne pas avoir trouvé de nouveaux Galets-qui-Tranchent plus près de leurs abris, remontent vers les grottes.

Le signe

Cette nuit Guetteuse-d'Etoiles est postée, comme à son habitude, sur le haut rocher qui domine le Lac-du-Promontoire. Elle a apporté une branche de figuier couverte de fruit mûrs, qu'elle a posée à côté d'elle, sur la roche.

Elle n'est pas venue les nuits précédentes, car la pluie et les nuages épais ont caché la voûte étoilée et empêché toute observation. La lune, qui montrait un large quartier décroissant avant le mauvais temps, n'est plus qu'un très mince filet blanc sur le ciel du côté du soleil couchant.

L'air est pur et presque immobile et déjà frais. La nuit sera belle. Les crapauds en-bas autour du lac se sont tus, et seuls les cris de quelques rapaces nocturnes déchirent de temps en temps le silence.

L'esprit de Guetteuse-d'Etoiles vagabonde, son regard parcourt la bande trouble et piquetée d'étoiles de la voie lactée, d'un horizon à l'autre.

La-Blanche-qui-Suit-le-Soleil ne s'est pas encore couchée, elle brille limpide au-dessus de la Trouée. Un peu plus haut, elle remarque La-Rouge-qui-Glisse, celle qui se décale, de lune en lune, par rapport aux Animaux-du-Ciel, les figures d'étoiles que son imagination a composées.

Guetteuse-d'Etoiles mâchonne la pulpe d'une figue, elle sent les petits pépins durs sous sa langue. La grande roue du ciel tourne imperceptiblement. Dans sa rêverie, Guetteuse-d'Etoiles ne s'est pas retournée vers le côté où le soleil se lève, là où apparaissent chaque soir, au-dessus des Montagnes-Inconnues, les étoiles qui se couchent de l'autre côté au matin. Lorsqu'enfin, les jambes ankylosées, elle pivote son buste vers la Montagne-qui-Gronde, son regard s'arrête sur un point du ciel, là où se trouve, comme épinglé par les étoiles familières, le dessin caractéristique de l'Ecrevisse.

Elle se fige, se frotte les yeux, regarde à nouveau. Là, là où il n'y avait pas d'étoile, où elle n'en avait jamais vue, brille maintenant un point blanc soutenu, plus lumineux encore que la-Blanche-qui-Suit-le-Soleil !

La nouvelle étoile est étrange, elle est prolongée comme d'une longue trainée lumineuse qui barre toute la constellation.

Guetteuse-d'Etoiles est abasourdie, frappée de stupeur, d'une surprise sans fond.

Ses mains tremblement d'énervement et d'excitation.

Ce qui était la marque profonde de l'immuabilité du monde, la voûte céleste, vient de changer.

La jeune femelle reste là, les yeux braqués sur la comète, à la fixer jusqu'à ce que l'aurore qui éteint les étoiles la fasse pâlir. L'Etoile-Chevelue est une des dernières à s'évanouir dans la splendeur du jour nouveau.

Le soir suivant, à la tombée du jour, elle entraine presque de force Mamelles-Sèches jusque sur le promontoire, la hisse sur le perchoir de pierre. La vieille sue et proteste, elle n'est pas habituée à être brusquée par une jeune femelle qui jusqu'alors lui a toujours manifesté du respect. Elle se dit toutefois que quelque chose de grave se passe, et elle s'installe assise en tailleur, le regard levé vers Guetteuse-d'Etoiles, dans une interrogation muette.

Après quelques temps à fixer le ciel, du côté du levant, la vieille qui écarquille ses yeux fatigués avance son buste, comme si elle se penchait pour voir mieux. Ses mains se portent soudain à sa bouche, et son regard se tourne vers Guetteuse-d'Etoiles. Elles hochent la tête.

Le monde change.

L'Etoile-Chevelue n'est plus au même endroit dans la constellation, sa queue s'est encore allongée, et trace un trait laiteux qui s'effiloche dans le néant.

Les deux femelles comprennent que bientôt, d'autres de la horde remarqueront la nouvelle étoile. Il leur faut, dès le matin, en parler à Tête-Nue, qui saura ce que signifie le signe.

Le soir suivant, c'est de son repaire de la grotte sur l'Ile-Refuge, que Tête-Nue, flanqué de Mamelles-Sèches et de Guetteuse-d'Etoiles, contemple la comète.

Le ciel est la seule chose que le patriarche croyait immuable, depuis que la mémoire du Peuple-des-Pierres retrace le passé.

Mais la comète fait maintenant monter en lui un doute profond et inquiétant : Ce qui lui semblait éternel ne le reste pas, et ébranle, ce soir, sa conviction profonde de la constance de l'univers.

Le jour suivant, les anciens rassemblés sur l'Ile-Refuge décident qu'une expédition quittera les lacs pour aller du côté du levant, là d'où vient l'Etoile-Chevelue, au-delà des Montagnes-Inconnues.

Avant cela une grande chasse, telle que celles que la horde n'organise que toutes les quelques lunes, permettra de rapporter beaucoup de viande, de fortifier les explorateurs et de célébrer leur départ.

Départ pour la chasse

Tous les membres valides du Peuple-des-Pierres se sont rassemblés pour la grande chasse, à l'exception des femelles en fin de gestation ou allaitant des nourrissons, et quelques guetteurs, qui resteront aux abris avec les enfants et les vieillards.

Les chasseurs n'emportent avec eux que des Galets-qui-Tranchent, et espèrent trouver chemin faisant des baies, des escargots, les oeufs pour se nourrir, avant d'avoir pu abattre un animal pour sa viande.

Tête-Nue a désigné Pieds-Rapides, un excellent coureur et un pisteur expérimenté, pour diriger la chasse. L'expédition va tenter sa chance sur la rive du Lac-Immense, du côté opposé aux abris de la horde, là où commence la savane parcourue par de grands troupeaux.

Dès que Ceux-qui-Sont-Debout se sont regroupés, sur la berge du lac, en contrebas du Rocher, en face de l'Ile-Refuge, Crie-entre-ses-Doigts lance un sifflement perçant. Plusieurs chasseurs, debout près de lui, portent leurs mains à leurs oreilles et protestent, mais Crie-entre-ses-Doigts, fier de sa fonction et de son talent, ne parvient pas à réprimer un petit sourire.

Très peu de temps après l'appel, comme s'ils avaient senti ce qui se prépare et rôdaient déjà dans les parages, les eucyons s'approchent. Presque toute la meute est là, menée par le mâle dont la canine est brisée.

Pieds-Rapides et Longues-Jambes s'avancent de quelques pas, portant la carcasse d'un petit kolpochoerus qu'ils ont découvert dans la forêt en contrebas du promontoire, et qu'ils déposent à leurs pieds. L'animal était mort depuis trop longtemps pour que la chair soit mangeable par Ceux-qui-Sont-Debout. Mais les eucyons, moins difficiles, plus habitués à consommer des charognes, sont quant à eux, lorsque les proies sont rares et qu'ils ont faim, prêts à démembrer un animal couvert de mouches.

L'eucyon au croc brisé s'approche, louvoie, hésite. Pieds-Rapides s'avance encore. La bête est maintenant tout près de lui, la truffe frémissante. Elle ne lui va pas plus haut que la cuisse, mais sous le pelage rude roulent des muscles puissants. Pieds-Rapides lentement s'accroupit et tend sa main, que l'animal vient flairer, longuement. La horde, derrière, reste parfaitement silencieuse. Puis une longue langue rose vient lécher les doigts du chasseur.

Sans pivoter son torse, Pieds-Rapides d'un mouvement de tête fait signe à Longues-Jambes, qui apporte la carcasse puante, et la dépose devant l'eucyon. L'animal la flaire, la renifle, mordille la chair fétide, puis y plante ses crocs. Le reste de la meute afflue aussitôt, tandis que Ceux-qui-Sont-Debout reculent de quelques pas.

L'alliance est renouvelée.

Lorsqu'il ne reste plus que des os de la carcasse du kolpochoerus les chasseurs se mettent en marche. Ils renoncent à traverser le lac à la nage, de peur de perdre les eucyons qui ne les suivraient pas dans l'eau. Ils longent donc la rive, là où la grève est étroite et où la forêt arrive presque jusqu'au lac. Par endroit, l'eau lèche les racines des arbres ce qui les oblige à marcher sur le fond fangeux. Les eucyons disparaissent alors dans le sous-bois et les retrouvent plus loin. Lorsque l'expédition atteint le ruisseau qui descend de la trouée, là où il est le plus facile de passer vers le Lac-du-Promontoire jusqu'au pied de la Montagne-qui-Gronde, ils s'arrêtent pour glaner de quoi manger. Les eucyons repus paressent dans les fourrés tandis que Ceux-qui-Sont-Debout s'éparpillent dans le sous-bois et au bord du lac. Plusieurs s'aventurent dans l'eau, s'accroupissent, les nénuphars au ras du menton, pour patiemment attendre qu'un poisson ou un batracien imprudent s'approche. Plusieurs fois, un grand remous indique que d'un geste prompt, ils ont tenté de saisir une proie ou de la projeter sur la rive. Un grognement de mécontentement ponctue les échecs, et l'attente reprend. Quelques lourds poissons de vase sont toutefois pêchés et partagés entre les chasseurs. Ceux qui sont partis dans la forêt reviennent avec des champignons que Cherche-Manger examine avec suspicion avant de les approuver. Quelques figues et des racines sont distribuées.

Les eucyons qui n'ont plus faim boudent les arêtes et les têtes de poissons abandonnées sur la grève, tournent et s'impatientent.

La troupe se remet bientôt en marche vers l'entrée du défilé.

La rivière qu'alimente le lac s'y faufile, après que se sont rejoints ses bras, au fond vaseux, séparés par des bancs de boue. La progression y est difficile, car il n'est pas possible de nager dans l'eau trop peu profonde, et la marche dans la lise est hasardeuse. Les plus hardis s'y risqueraient, en couchant des branches et des roseaux pour marcher dessus, mais Ceux-qui-Sont-Debout savent que les eucyons ne les suivraient pas.

Ils remontent donc dans le défilé, le long du talus creusé par le courant lors des crues, pour atteindre le gué plus haut, là où l'eau est moins traître et le fond rocheux.

Ceux qui ont participé aux périples vers les lacs du Peuple-du-Sel, à de nombreuses journées de marche, se remémorent cette gorge, par lequel le long voyage commence. Ils se souviennent qu'au-delà du gué, après un jour de marche, alors que la vallée creusée par la rivière ne s'est pas encore élargie, les rapides obligent à progresser sur une corniche accrochée à la falaise de la rive, presque au ras des flots tumultueux.

Aujourd'hui ils n'ont pas à descendre la rivière davantage. Ils traversent aisément le gué, non sans succomber à la tentation de pêcher quelques poissons qui se pressent dans les étroits filets d'eau entre les rochers émergés.

Après avoir remonté le courant de l'autre côté, suivis de près par la meute des eucyons, ils regagnent le lac et s'arrêtent un instant pour contempler l'immensité d'eau, dont on ne voit la rive opposée que dans une brume de chaleur sur l'horizon. A mi-distance, l'Ile-du-Refuge, si familière et déjà si loin, rappelle aux plus timorés le confort des grottes et la chaleur de la horde.

Il va maintenant leur falloir longer le lac vers le soleil mourant, sur la rive pentue et rocheuse. Sur le coteau, plus haut, du côté de leur main habile, de grands pans de roche sombre sont couchés sur la pente, séparés par des éboulis sur lesquels poussent quelques arbres tordus, des buissons, des épineux.

Derrière eux la forêt et la zone marécageuse où le lac se déverse dans la rivière permettent de subsister en collectant des petits animaux, des fruits. Plus loin devant eux, la savane qu'ils n'atteindront pas avant demain grouille de grand gibier. Ce soir, alors que le soleil s'abaisse sur l'horizon, il leur faudra trouver à manger dans le lac.

Pendant que les plus fatigués remontent la déclivité vers un grand massif de roches noires plein d'anfractuosités sombres, à la recherche d'un abri suffisamment grand pour les chasseurs, les autres, après avoir déposé leurs Galets-qui-Tranchent sur une grande pierre bien en vue, descendent dans l'eau vers une large zone de roseaux secs et clairsemés. Les meilleurs lanceurs emportent quelques cailloux ramassés sur la rive.

Debout dans l'eau jusqu'à hauteur de genoux, ils progressent lentement. Sans avoir besoin de se concerter, ils s'écartent en éventail pour ratisser le plus largement possible les alentours de la roselière, en scrutant le fond à la recherche de poissons cachés.

Les eucyons patrouillent sur la berge, de long en large, vont et viennent.

Bientôt un large périmètre est cerné. Ceux-qui-Sont-Debout resserrent leur cercle, avançant à nouveau vers la rive, en battant l'eau bruyamment. Lorsqu'ils s'engagent entre les roseaux, ils progressent à nouveau doucement, en silence, attentifs. De temps en temps l'un d'entre eux, d'un geste vif, saisit un poisson imprudent et s'empresse, en le mordant vigoureusement, de bloquer la proie visqueuse et glissante entre ses mâchoires avant qu'elle ne puisse, en se débattant, lui glisser des mains. Ils s'avancent tous encore, jusqu'à ce que, subitement, tout près, d'entre les tiges jaunes, des oiseaux fuient obliquement vers le lac, dans un fracas d'ailes. Longues-Jambes, Cherche-Manger et Pieds-Rapides d'une détente fulgurante lancent la pierre qu'ils avaient apportée. Deux grands oiseaux, l'aile brisée, se débattent dans les roseaux.

Sur la rive, les eucyons, au comble de l'excitation, sautent et glapissent.

Sans plus aucune prudence, les chasseurs s'avancent pour achever les proies, et découvrir les nids que les volatiles effarouchés ont abandonnés. Ils y trouvent des oeufs ainsi que des oisillons, auxquels ils brisent promptement le cou.

Lorsqu'ils reprennent pied sur la berge les petits canidés les environnent en jappant. Des regards s'échangent entre les chasseurs, qui abandonnent aux eucyons les oisillons pantelants. Dans une mêlée de grognements, les petits cadavres sont engloutis.

Après avoir retrouvé leurs précieux Galets-qui-Tranchent ils regardent de tous côtés jusqu'à ce qu'un sifflement strident leur fasse lever la tête vers les rochers plus hauts. Des mains s'agitent là-haut, vers lequel ils montent maintenant.

Un-des-Deux et Un-des-Deux les attendent. Une avancée de roche offre un grand espace sec et propre, encadré de buissons touffus, suffisamment vaste pour que tous puissent s'y serrer, mais largement ouvert sur le ciel.

Oeil-Bleu scrute le fond de l'abri, à la recherche d'un trou, d'un passage qui laisserait espérer qu'il y ait une grotte. Sans succès. La horde restera exposée, mais l'endroit est bien situé. Avant que la lumière ne soit trop faible pour y voir, les plus vifs s'emploient à arracher les buissons les plus proches pour augmenter la visibilité et pouvoir détecter l'approche d'un danger. D'autres amassent des herbes sèches pour pouvoir s'installer confortablement. D'autres encore ouvrent les poissons pour en séparer les filets et en retirer les arêtes, éventrent les oiseaux pour en retirer les viscères qui sont lancées aux eucyons, qui patrouillent tout près.

La nourriture est partagée entre tous, et bientôt les conversations s'interrompent pour ne laisser place qu'aux bruits de mastication, entrecoupés de grognements de satisfaction.

En contrebas, dans les fourrés, les eucyons se regroupent pour passer la nuit.

Ceux-qui-Sont-Debout n'auront pas besoin de poster des veilleurs. La meute, tout près, aboiera dès qu'un intrus tentera de s'approcher.

Lorsque le croissant de la lune se couche, et que la trainée pâle de la comète apparait du côté du soleil levant, on n'entend plus que des rots et les ronflements de ceux qui se sont déjà endormis.

La savane

Après avoir bu au lac et s'être soulagés dans les fourrés, les chasseurs reprennent la marche dans la direction du soleil couchant. Les eucyons les environnent, s'enhardissent à se faufiler entre les marcheurs, vont et viennent.

Ceux-qui-Sont-Debout se sentent en sécurité avec la meute, et ceux parmi eux qui étaient les moins familiers des petits quadrupèdes sentent leurs appréhensions les quitter.

La marche est facile, car la grève, élargie, ne présente pas d'obstacles et la forêt, qui derrière eux descendait parfois jusqu'à l'eau, laisse ici place à des espaces ouverts parsemés d'arbustes et de buissons bas.

Ils sont maintenant du côté du lac opposé à l'Ile-Refuge, qu'ils aperçoivent au loin, comme un repère leur rappelant d'où ils viennent. S'ils poursuivent sur le bord du lac, ils en compléteront le tour et se trouveront à la Grande-Tourbière.

Avant la fin du jour, le paysage s'ouvre sur une grande étendue herbeuse, presque plate jusqu'à un horizon bleuté par la distance, où une chaîne de montagnes se découpe.

Dans la distance, des nuages de poussière indiquent la présence de grands troupeaux.

Les chasseurs passent la nuit près du lac, sur le seul endroit rocheux qu'ils trouvent près de l'eau, en se protégeant de leur mieux. Les eucyons dorment tout près.

Lorsque le soleil s'élève dans le ciel rouge au-dessus de la savane, ils sont prêts pour la chasse. Dans un conseil dirigé par Pieds-Rapides, ils décident de s'écarter largement du lac, pour pouvoir encercler un troupeau et le rabattre vers la tourbière. Il leur faut choisir des proies faciles, suffisamment lourdes pour qu'elles s'enlisent dans le terrain fangeux, suffisamment petites pour qu'ils puissent les tuer.

Après avoir bu abondamment, au-delà de ce que leur soif exige, ils avancent sur la prairie. Bientôt ils voient un troupeau d'hipparions qui broutent des buissons. La tentative d'encerclement des chasseurs échoue, lorsqu'un étalon dresse les oreilles, secoue sa crinière raide, hennit, le cou tendu, et que d'un seul élan, tout le troupeau s'ébranle. Les eucyons qui leur barrent le passage s'égaillent en glapissant, de peur d'un coup de sabot fatal.

Ceux-qui-Sont-Debout, dépités, échangent des sifflets et se regroupent.

Ce n'est que lorsque le soleil est beaucoup plus haut, et qu'ils ont avancé vers la tourbière qu'ils savent être devant eux, qu'une petite bande de parmularius est repérée, non loin de la limite de la Grande-Tourbière. Les grandes antilopes aux longues cornes annelées paissent groupées. De temps en temps l'une d'entre elles allonge un cou musculeux et lève une tête aux grands yeux fardés de noir. Les cornes vers le ciel et les oreilles battantes, elle observe les environs, puis, rassurée, reprend son repas.

Ceux-qui-Sont-Debout se déploient en demi-cercle autour des parmularius, suffisamment largement pour que ces derniers ne puissent pas, dans leur fuite prochaine, les déborder. Les eucyons, comme s'ils avaient compris, complètent le piège en occupant les côtés. Les voilà qui avancent lentement, cachés par les hautes herbes. Les antilopes sont maintenant en alerte. Les têtes sont dressées, les oreilles se tournent, les naseaux frémissent. Les bêtes nerveuses se déplacent latéralement. Il est temps de provoquer leur fuite.

A un sifflement énergique de Crie-entre-ses-Doigts tous se précipitent en hurlant. Les eucyons en aboyant se faufilent entre les herbes, se déploient largement. Les parmularius tournent un instant, s'affolent, puis détalent vers le lac. La poursuite s'organise, mais Ceux-qui-Sont-Debout sont beaucoup moins rapides que leurs proies, et ils ont sous-estimé la distance à franchir pour atteindre la Grande-Tourbière. Les eucyons les précèdent, jappent, aboient, et les antilopes s'éloignent rapidement.

L'issue est incertaine, le gibier peut encore s'échapper latéralement, avant d'atteindre le terrain fangeux où les chasseurs espèrent qu'il s'enlisera.

Ceux-qui-Sont-Debout courent à perdre haleine, mais les hautes herbes les ralentissent, et leur visibilité est pauvre.

Soudain, à leur stupéfaction, les eucyons reviennent vers eux, suivis des antilopes affolées, qui les piétinent presque. Les chasseurs, le coeur battant, le dos inondé de sueur, s'arrêtent, échangent des cris, qui sont couverts par un rugissement assourdissant.

Crie-entre-ses-Doigts, Coureuse-Bondissante, Oeil-Bleu et quelques autres qui se sont regroupés voient apparaître un fauve immense qui se coule entre les hautes herbes. L'animal, beaucoup plus grand que les dinofelis qui approchent parfois les lacs, s'immobilise. Il balance sa tête avant de tendre le cou et de rugir à nouveau. De sa gueule saillent de longues canines en forme de croissant, qui débordent largement de sa mâchoire.

Ceux-qui-Sont-Debout sont pétrifiés de peur, liquéfiés de panique, incapables de fuir, et lorsque le machairodus s'élance, aucun n'a la force de bouger jusqu'à ce qu'il soit presque sur eux.

Coureuse-Bondissante tombe. Son hurlement de terreur est brusquement interrompu lorsque le fauve lui brise la nuque.

Les autres fuient à toutes jambes vers le lac, dans une débandade désordonnée, se faufilant parmi les grandes herbes, le souffle court, les yeux dilatés.

Le cauchemar du fauve qui jaillit, de ses crocs démesurés, de sa croupe ondulante et musclée, de ses bonds immenses les terrorisent et leurs jambes les emportent loin du monstre presque contre leur volonté.

Ce n'est qu'après une course désordonnée qu'ils se retrouvent, à la lisière de la tourbière, là où le sol devient incertain. Les eucyons sont déjà là, très agités, allant et venant. Ceux-qui-Sont-Debout, pantelants, la poitrine douloureuse et les mollets flageolants, les pieds meurtris, se regardent, essaient de s'assurer qu'aucun des leurs ne manque.

Ils ne peuvent pas rester là, le fauve n'est peut-être pas seul. Les antilopes sont oubliées, les Galets-qui-Tranchent qu'ils transportaient perdus dans la fuite. Ils leur faut rentrer au plus vite aux abris, retrouver la sécurité de la horde, parler de ce qu'ils ont vécu, se reposer, pleurer Coureuse-Bondissante. Elle est dans tous les esprits, mais aucun ne prononce son nom.

Pieds-Rapides s'engage prudemment sur le sol mou de la tourbière, parmi les arbres pourris, les joncs, les roseaux, dans l'entrelacement désordonné de la végétation.

De l'autre côté, hors de vue pour le moment, il sait qu'il trouvera le lac salvateur, l'eau claire, la sécurité.

Les autres le suivent aussitôt, en file indienne, tandis que les eucyons hésitent, jappent, puis renoncent. Ils préfèrent suivre le bord de la tourbière, là où le sol est encore ferme. Leur course rapide leur permettra de contourner l'obstacle, et de retrouver Ceux-qui-Sont-Debout lorsqu'ils accosteront sur une berge de galets, quelque part au bord du lac.

La progression de Ceux-qui-Sont-Debout est lente, car ils doivent contourner les étendues de sphaignes qu'on ne peut traverser ni en marchant ni en nageant. Il leur faut rester dans les roselières, traverser les endroits les plus traîtres en couchant sous leurs pas des brassées de végétaux. Par endroit, des mares d'eau libre leur font espérer qu'ils pourraient nager, mais la faible profondeur et l'inconsistance du fond les en dissuadent vite.

De temps en temps, des oiseaux dérangés s'envolent bruyamment d'un fourré de joncs. Les marcheurs sont si las, si pressés de retrouver le lac qu'ils ne s'arrêtent même pas pour ramasser les oeufs.

Derrière eux, le soleil est maintenant déjà bas. Ils sont couverts de boue puante, épuisés, désespérés. Leurs pieds sont meurtris par les tiges raides des joncs. Devant eux le rideau serré des roseaux ne leur permet pas de voir le lac, de jauger la distance à parcourir. Une chape de découragement leur fait courber le dos.

Certains s'arrêtent déjà, les bras ballants, prêts à passer la nuit serrés les uns contre les autres, appuyés à un tronc couché mangé par les vers.

Pieds-Rapides, Crie-entre-ses-Doigts et Boule-Cheveux s'entêtent, essaient de pousser leurs compagnons, puis de guerre lasse continuent seuls. Ceux qui sont là, prostrés, l'oeil morne, les voient se couler dans la végétation, entendent encore quelques instants les interjections qu'ils échangent, avant qu'ils ne disparaissent complètement, comme mangés par la Grande Tourbière. Ils restent alors là, muets, tandis que le soleil qu'ils ne voient plus derrière eux projette des lueurs dorées sur la roselière, dont les toupets duveteux sont agités par la brise du soir.

Après un long moment, et alors que certains commencent à s'assoupir, un sifflement leur fait lever la tête. Puis un autre vrille le silence. Et un autre encore… Là, devant eux, Crie-entre-ses-Doigts les appelle. Il ne s'écoule que quelques battements de coeur entre les coups de sifflet qui leur intiment de se lever et de reprendre la marche.

Ils se secouent enfin, se mettent péniblement debout et la progression reprend, dans la lumière plus pauvre.

Vers l'Ile-Refuge

Les appels de Crie-entre-ses-Doigts ne cessent pas, et les voilà qui avancent, saisis d'un nouvel espoir.

Longues-Jambes s'écarte de la piste de roseaux couchés ou cassés que Pieds-Rapides, Crie-entre-ses-Doigts et Boule-Cheveux ont tracée. Il pousse un cri d'inquiétude, et les regards se tournent. L'imprudent est en train de s'enfoncer dans la vase visqueuse. Il se débat, s'enlise davantage. Cherche-Manger, Guetteuse-d'Etoiles, Oeil-Bleu et les autres, en formant une chaîne de bras noués, de mains serrées, parviennent à l'extirper de la fange. Il en émerge, couvert de boue noire et malodorante, les yeux encore pleins de terreur. Après quelques marmonnements de reproche pour son imprudence, la pénible marche reprend, tandis que la lumière décline.

Les sifflements de Crie-entre-ses-Doigts sont maintenant tout proches. Oeil-Bleu qui marche en tête écarte un dernier rideaux de joncs et.... devant eux, dans la nuit qui tombe, s'étend la surface étale du Lac-Immense, et au loin, de l'autre côté, baignée par les derniers rayons, comme une promesse, l'Ile-Refuge.

Ils sont là, ceux qui les ont précédés, Boule-Cheveux, Pieds-Rapides, Crie-entre-ses-Doigts. Presque euphoriques. On se congratule, des tapes sur les épaules sont échangées. Puis, lorsque l'émotion d'avoir retrouvé le lac tombe, il prennent, peu à peu, conscience de leur grande précarité.

Dans la nuit qui arrive, sans points de repère, harassés par une journée mouvementée, comment vont ils traverser le lac ?

Ils restent au bord de l'eau un long moment, indécis, regroupés dans un massif de roseaux qu'ils ont couchés pour ne pas s'enfoncer dans le sol meuble, avec tout près, le clapotement de l'eau.

La lune pâle, un croissant encore étroit, ne va pas tarder s'enfoncer derrière l'horizon, derrière eux, et les étoiles s'allument peu à peu.

Presque devant eux, la ligne claire de l'Etoile-Chevelue fend le ciel noir comme une fissure.

Guetteuse-d'Etoiles, jusqu'alors silencieuse et en retrait, s'anime, pointe du doigt, parcourt du regard la trainée livide qui barre la Voie Lactée.

Quelques batraciens croassent dans le lointain, et l'obscurité gagne.

Peu à peu, les yeux de Ceux-qui-Sont-Debout s'accoutument à la nuit et ils devinent, avant de la percevoir clairement, la rougeur de la lave de la Montagne-Crépuscule, là-haut, du côté de leur main habile.

Guetteuse-d'Etoiles, d'abord d'une voix hésitante, puis plus fermement, et d'un doigt tendu qu'ils ne voient pas dans l'obscurité, les exhorte : Ils peuvent traverser à la nage, ils seront en sécurité dans le lac, et la rougeur Montagne-Crépuscule, là-bas, leur permet de s'orienter, ainsi que l'Etoile-Chevelue, et toutes les autres, qu'elle, Guetteuse-d'Etoiles, connait bien.

Ils trouveront le Rocher ou l'Ile-Refuge, ils vont y parvenir.

Des marmonnements s'échangent, et finalement, d'abord en traînant les pieds, ensuite avec un entrain croissant, tous s'avancent dans l'eau fraîche.

Ils sont surpris par le bien-être immédiat que leur procure le lac, et retrouvent un peu de courage et de vigueur.

L'eau claire lave la fange collée à leurs corps, dans leurs cheveux, insinuée jusque dans leurs oreilles, leur bouche, le sexe des femelles.

Les voilà qui nagent de concert, regroupés pour ne pas se perdre, dans la direction approximative que leur suggère la position du volcan et des étoiles. Leur habitude ancestrale de l'eau, leur aptitude innée à la nage, leurs mains et leurs pieds partiellement palmés, et leur capacité à contrôler leur respiration leur permettent d'avancer lentement, malgré leur grande lassitude, mais régulièrement. La cohésion du groupe, et l'apparente proximité de leur but leur permettent de puiser en eux des ressources auxquelles ils ne croyaient plus.

La nage se poursuit longtemps, dans un quasi-silence dans lequel le moindre clapotement de l'eau prend un étrange relief.

Guetteuse-d'Etoiles voit au-dessus d'eux, progressivement, la grande roue du ciel pivoter autour du moyeu invisible, qu'elle sait se trouver très bas sur l'horizon, du côté de la main malhabile.

Mieux que les autres, elle sait qu'il leur reste, du fait de leur grande fatigue, longtemps à nager, et qu'ils n'accosteront que peu avant que l'aurore rosisse les montagnes, devant eux.

Elle comprend qu'il leur faut s'écarter de la direction de la Montagne-Crépuscule, faute de quoi ils arriveraient dans l'anse que forment le Rocher et la Grande-Tourbière, là où vivent les archeopotamus. Durant la nuit ils paissent sur les rives, jusqu'entre les arbres de la forêt, mais dès le point du jour ils regagnent l'eau.

Se retrouver au milieu d'eux, après une journée exténuante et une nuit de nage, serait désastreux, car les massives femelles accompagnées de petits ne manqueraient pas de charger les intrus.

Avant le lever du soleil, alors que la rive n'est pas encore en vue, dans l'ombre encore dense, plusieurs nageurs ralentissent, pris d'une immense lassitude, restent à la traîne, se laissent flotter sur le dos, les yeux mi-clos.

Alors ils se regroupent tous, puis forment une espèce de radeau vivant, leurs mains entrelacées, les plus forts continuant à brasser l'eau.

Enfin... enfin la lumière devient suffisante pour que ceux dont la vue est la plus perçante puissent voir sur le ciel bleu sombre la silhouette bienvenue de l'Ile-Refuge.

Un peu d'ardeur renait et ils finissent tous couchés sur la rive caillouteuse, les membres endoloris de fatigue. Après un long moment Crie-entre-ses-Doigts trouve la force de lancer un appel.

Peu après, un bruit de cailloux qui roulent leur apprend qu'ils ont été repérés.

Mange-Poux arrive sur la grève, elle a entendu, elle s'accroupit au milieu d'eux.

Elle a laissé son petit enfant à Sans-Dents dans l'abri, elle est venue voir, mais les autres plus haut dans la grotte étaient déjà en alerte : Les eucyons sont revenus à la tombée de la nuit, seuls, affamés. Ceux-qui-Sont-Debout restés dans les grottes ont pressenti un malheur, ils ne dormaient pas.

En quelques mots laconiques Pieds-Rapides lui dit la chasse manquée, le fauve, la perte de Coureuse-Bondissante, la tourbière, la longue nage.

D'autres arrivent des abris, apportent de quoi manger, du réconfort. Dans le matin resplendissant, les chasseurs fourbus mais rassurés remontent à petits pas vers les cavernes nichées plus haut dans l'île. Ecrasés de fatigue, ils s'endorment jusqu'au soir.

Lorsque le soleil s'abaisse sur la savane, au-delà du lac, là où ils ont manqué la grande chasse, ils émergent peu à peu de l'ombre des abris.

Les anciens, Tête-Nue, Sans-Dents, Mamelles-Sèches sont déjà là, ils attendent patiemment que les chasseurs soient prêts à leur raconter ce qui s'est passé. Parmi les chasseurs bredouilles, des regards s'échangent. Qui va parler ? Ils se retournent vers Pieds-Rapides, qui, hésitant, avec forces gestes, raconte le troupeau d'antilopes, l'irruption du machairodus, la mort de Coureuse-Bondissante, leur fuite à travers la tourbière, la traversée nocturne du lac.

Ils sont attristés de la perte d'une femelle qu'ils aimaient, déçus d'être rentrés les mains vides.

Après un très long silence embarrassé, les anciens rappellent la nécessité de trouver suffisamment à manger pour tous, et de conquérir de nouveaux lacs, pour que le Peuple-des-Pierres puisse subsister et croître. Pour les enfants à venir.

Comment y parviendront-ils ? Qui aura la force de partir vers les Montagnes-Inconnues, de suivre les rivières, d'en découvrir d'autres ? De rechercher des lacs poissonneux, des forêts où trouver des fruits et des champignons, des racines, des noix ?

Les archeopotamus

Pieds-Rapides et Longues-Jambes sont assis face au Lac-Immense, sur l'étroite grève du Rocher, du côté qui regarde la Grande-Tourbière. Sur la rive entre le Rocher et la tourbière, jusque dans l'eau, s'étalent les éboulements de pierres ponces détachées de la Montagne-Crépuscule lors de la dernière secousse. Quelques petits blocs irréguliers flottent mollement dans le lac.

A distance respectueuse de la rive, là où l'eau encore peu profonde est couverte d'un manteau d'algues, les archeopotamus paressent, les oreilles, les yeux globuleux et les naseaux seuls visibles entre les grandes fleurs de nénuphars.

Ils sont si nombreux, si massifs, si puissants ! Tant de viande, si près, alors que les chasseurs sont revenus les mains vides, le ventre creux …

Parfois, lorsqu'un des monstres, trop vieux ou malade, s'éteint, enlisé ou empêtré dans les algues, à demi immergé, Ceux-qui-Sont-Debout peuvent dépecer la bête sans avoir à la disputer aux charognards à quatre pattes. Seuls les oiseaux qui se précipitent à la curée doivent être dispersés à coups de pierres. Debout sur la bête énorme, armés de Galets-qui-Tranchent, ils découpent des lanières de viande rouge qu'ils emportent à la nage, pour ne pas être importunés par les eucyons, ou, pire, par les dinofelis qui peuvent être attirés par l'odeur de la carcasse. Près des abris, ils se goinfrent alors de chair fraîche jusqu'à l'indigestion.

Quand ils parviennent, malgré les charognards, à prélever plus de nourriture qu'ils ne peuvent en consommer, et que le temps est chaud et venteux, Ceux-qui-Sont-Debout accrochent de longues bandes de viande aux branches des arbres, haut, hors de portée des eucyons. Ils postent un guetteur pour défendre le butin et, avec de la chance, la chair savoureuse sèche avant de pourrir. Les vieilles la stockent alors dans des cachettes bien sèches, et les habitants des grottes peuvent en manger pendant quelques jours encore, avant que les rongeurs ne découvrent la réserve.

Lorsqu'un archeopotamus succombe sur la terre ferme, dans les fourrés où ils pâturent la nuit, toute une faune de charognards environne le moribond avant même que Ceux-qui-Sont-Debout aient le temps d'arriver sur les lieux. La bataille est alors âpre pour s'approprier quelques morceaux de viande. Mais aujourd'hui, aucune des grosses bêtes ne montre de signes de détresse.

Pensif, Longues-Jambes regarde les archeopotamus. Il se souvient de leur reflux désordonné, lorsque les ponces ont envahi le bord de l'eau. Il contemple les gros blocs irréguliers, empilés en équilibre instable sur la grève, de grosses masses grises, comme le sont les archeopotamus.

Il est là, la tête entre les mains. Et… il se redresse, soudain, se secoue. Un coup de coude dans les côtes de Pieds-Rapides, assis à côté de lui, lui fait lever la tête, l'interrompt dans sa rêverie. En réponse à son regard interrogateur, Longues-Jambes se lève, l'entraîne vers la grève, vers les gros blocs de ponce. Il avise un rocher de bonne taille, presque sphérique, presque submergé, posé précairement sur d'autres plus petits. Dans l'eau jusqu'à la poitrine, il le pousse de toutes ses forces, mais sans arriver à l'ébranler. Les voilà tous deux qui pèsent sur le rocher, arc-boutés, en ahanant, jusqu'à ce qu'enfin, dans un bruit de grattement, le rocher instable bascule dans l'eau plus profonde, heurte le fond, puis remonte flotter en tanguant.

Pieds-Rapides qui comprend maintenant où Longues-Jambes veut en venir. Tous deux, debout sur le fond, poussent la masse noire vers le milieu du lac.

Maintenant ils nagent en la poussant devant eux, vers les archeopotamus placidement vautrés dans l'eau. Rien ne bouge, ils sont encore loin. Les nageurs persistent, contournent par moment le rocher flottant pour voir où ils en sont, reprennent.

Les animaux ne sont plus très loin maintenant, et les nageurs avancent toujours.

Enfin comme une rumeur parcourt le troupeau, une vague d'inquiétude. Ceux-qui-Sont-Debout redoublent d'ardeur. Un grand mâle s'avance, ouvre une gueule caverneuse, armée d'imposantes canines jaunes. Son mugissement fait fuir les nageurs, mais le bloc de ponce continue sur sa lancée en ballottant. L'archeopotamus hésite, balance sa tête immense, et dans un fracas d'eau, fait volte-face. Tout le troupeau se met maintenant en branle, s'éloigne sur le milieu du lac. Pieds-Rapides et Longues-Jambes, encouragés, se remettent à pousser le rocher flottant. Les archeopotamus sont maintenant en fuite, et s'éloignent de la rive dangereuse de la tourbière, là où le terrain trop meuble ne saurait soutenir leur poids.

Les deux nageurs, pris d'une euphorie formidable, crient et rient, battent l'eau avec enthousiasme. Jamais encore Ceux-qui-Sont-Debout n'étaient parvenus à effaroucher les monstres avec lesquels ils partagent le lac !

Ils abandonnent le lourd rocher et retournent vers l'Ile-Refuge en longeant le bord, afin de rester à bonne distance des animaux. Ils se pressent, ils sont tout excités, ils ont beaucoup à raconter.

Lorsqu'ils prennent pied sur la grève, ils y trouvent Sans-Dents, Cherche-Manger et quelques autres qui les attendent. Leur exploit a été observé du haut du Rocher.

L'accueil est chaleureux, on les congratule. Sans-Dents explique que Tête-Nue s'est même déplacé jusqu'au bord de la corniche pour voir. Dans le grand soleil, ses vieux yeux n'ont pas pu distinguer ce qui se passait, mais les commentaires enthousiastes l'ont convaincu. Il leur fait savoir qu'il est fier d'eux.

Ce soir-là, les adultes valides des abris de la Montagne-qui-Gronde et de la Montagne-Crépuscule, près des petits lacs, ont traversé la Trouée et sont réunis avec ceux du Lac-Immense. Ils se serrent sur le petit espace autour des abris perchés sur l'Ile-Refuge, pour décider de la première vraie chasse aux archeopotamus.

L'excitation est palpable.

Tête-Nue, d'un regard appuyé et d'un hochement de menton, donne la parole à Longues-Jambes, qui, intimidé par l'attention qui lui est portée, explique par des mots et des gestes que le troupeau est effarouché par la masse noire des blocs de pierres ponces qui flottent sur le lac. Ceux-qui-Sont-Debout, s'ils poussent de gros rochers tout autour du troupeau, et ensuite convergent vers les animaux, peuvent peut-être les apeurer et les repousser vers la tourbière. Il suffit alors que quelques animaux s'enlisent pour que les hordes aient de la viande à profusion, des os, des peaux.

De quoi oublier la désastreuse chasse aux antilopes, et la débâcle à travers la Grande Tourbière. De quoi manger abondamment, se préparer aux explorations de nouveaux territoires commandées par les anciens, et à une expédition vers les Volcans-Lointains pour y chercher de nouvelles obsidiennes.

Le lendemain il pleut. Les chasseurs, qui ont décidé d'attendre le beau temps, vont néanmoins inspecter les blocs de l'éboulement, et sélectionner les rochers les plus faciles à déplacer.

Le bloc que Pieds-Rapides et Longues-Jambes ont fait flotter la veille s'est rapproché à nouveau de la grève, poussé par la brise qui souffle de là où se couche le soleil.

Sous les efforts conjugués des plus vigoureux de Ceux-qui-Sont-Debout, plusieurs blocs de taille respectable sont mis à flot. Ils ballottent maintenant contre les galets de la rive.

Vers le soir, le ciel se dégage, et l'excitation monte encore parmi ceux qui, peut-être le lendemain, traqueront les archeopotamus pour la première fois.

Cette nuit ils dorment mal, se réveillent en sursaut, s'agitent, la tête pleine de rêves de carnage.

Au matin le beau temps est de retour. Dans le miroitement de l'eau sous le soleil encore bas, le grand troupeau des archeopotamus se regroupe dans l'eau peu profonde.

Les chasseurs s'impatientent. Tête-Nue, d'un doigt autoritaire, leur intime d'attendre que le soleil soit haut dans le ciel, là où il ne pourra pas éblouir les chasseurs, s'ils doivent refluer vers la terre ferme.

Ceux-qui-Sont-Debout sont sur la grève, ils inspectent les blocs noirs qui s'entrechoquent dans l'eau clapotante. Ils vont et viennent. Les eucyons ont senti qu'il se passait quelque chose. Croc-Brisé est perché un peu plus haut, la tête posée sur ses pattes avant, les yeux mi-clos. Sa meute l'entoure, les femelles lèchent leurs petits.

Venue de l'abri de la Montagne-Crépuscule, Mamelles-Sèches, accompagnée de Un-des-Deux et Un-des-Deux, a apporté quelques Galets-qui-Tranchent pour remplacer ceux perdus lors de la chasse aux antilopes. Elle les a soigneusement alignés sur une grande pierre plate, et les couve d'un oeil presque maternel. Des branches chargées de figues mûres circulent, et chacun se sert, la pulpe rouge barbouillée sur ses lèvres, les doigts poisseux.

Tête-Nue, qui commence à suer sous le beau soleil, donne le signal.

Les chasseurs, un Galet-qui-Tranche serré entre les dents, poussent les rochers devant eux, et se déploient largement dans le lac, en restant à distance respectueuse de leurs proies. Lentement, près lentement, ils forment un grand arc de cercle autour des archeopotamus. Rien encore ne semble inquiéter les géants couchés dans l'eau tranquille. Tandis que le cercle se resserre, Pieds-Rapides retire de sa bouche son Galet-qui-Tranche et pousse un cri, de toute la force de ses poumons.

C'est le signal. Des clameurs fusent, tout autour de archeopotamus. Quelques remous indiquent que les monstres ont entendu. Les chasseurs reprennent leur progression, et s'approchent encore et encore.

Le grand mâle, cette fois encore, s'avance, pousse un mugissement formidable, soulève des vagues ourlées d'algues vertes.

Les blocs de pierre sombre, comme des monstres aquatiques, continuent d'avancer. Le mâle barrit une dernière fois et cède. C'est tout le troupeau qui reflue vers le bord, cherche une issue latéralement, louvoie, hésite. Les chasseurs, anxieux, la peur au ventre, les mâchoires serrées sur les Galets-qui-Tranchent, avancent encore.

Une femelle archeopotamus suivie d'un jeune de l'année accoste, là où la lisière de roseaux annonce le début de la tourbière. Elle patauge dans la fange, l'arrière-train déjà enfoncé dans la boue, projette des nappes d'eau brune qui aspergent les roseaux, s'affole. Son petit, resté dans l'eau libre, tournoie dans l'indécision. Le troupeau s'agite, de plus en plus près de la rive. Une nouvelle clameur poussée presque à l'unisson par les chasseurs, provoque alors la débandade.

Ce sont plusieurs archeopotamus qui sont maintenant prisonniers de la tourbière, les pattes engluées. Ils se débattent désespérément et leurs mouvements désordonnés les fond s'enliser davantage. La Grande Tourbière retentit de mugissements épouvantables, et encore et encore, Ceux-qui-Sont-Debout avancent, cachés par leurs rochers flottants.

Plusieurs grands animaux sont irrémédiablement prisonniers. Le grand mâle qui avait défié les chasseurs fait encore face. Il s'avance même, dans un mouvement désespéré.

Parmi les nageurs, un sifflement aigu, très puissant, retentit enfin. Au signal de Crie-entre-ses-Doigts, les chasseurs abandonnent les pierres ponces et s'écartent à la nage, se regroupent, et regagnent l'Ile-Refuge.

Lorsqu'ils sont au sec, sur la grève, leurs regards se portent au loin vers la tourbière. Le troupeau en désordre est regroupé près de la rive, et autour d'eux, les rochers ballottent sur le lac.

Tête-Nue est là, elle est descendue jusqu'au bord du lac, et un large sourire fend sa face ridée. Ses yeux rient, il montre ses gencives édentées, il glousse de contentement.

La boucherie

Le Peuple-des-Pierres attend. Sous le grand soleil, les archeopotamus embourbés dans la tourbière crient encore, appellent, mugissent de détresse et de terreur.

Le vent lentement, presque insensiblement, repousse les rochers flottants vers la grève, à côté de l'Ile-Refuge. Ceux du troupeau qui sont restés dans le lac s'aventurent maintenant au-delà des pierres ponces. Certains patrouillent le long de la rive, répondent aux animaux enlisés. Ceux-qui-Sont-Debout doivent être patients.

Le temps va faire son oeuvre, les monstres prisonniers vont s'affaiblir sous le grand soleil, souffrir de la faim, s'épuiser. Ils vont ensuite longuement agoniser, et les chasseurs, en marchant prudemment sur des roseaux couchés, pourront approcher et les achever, couper dans la chair encore vivante, dans une orgie sauvage.

Quelques jours s'écoulent, et l'impatience ronge les chasseurs, qui vont dès le lever de soleil, et plusieurs fois jusqu'au soir observer les archeopotamus, du plus près qu'ils osent.

Les grands animaux bougent encore.

Sur les squelettes blancs des arbres morts qui bordent la Grande Tourbière, des oiseaux charognards attendent déjà, leur cou nu lové dans la collerette de plumes blanches de leur cou. Les eucyons sont rassemblés sur la terre ferme, vautrés sur les rochers.

Finalement, Longues-Jambes, Oeil-Bleu et Cherche-Manger décident de s'approcher, mais non pas à la nage en abordant la rive, mais en longeant le lac. Précautionneusement, ils progressent dans la roselière, en couchant devant eux les longues tiges sèches. Le terrain mou s'enfonce sous leurs pas, ils se tiennent par la main, deux par deux, l'autre main portant un cailloux anguleux de la berge. Ils s'arrêtent de temps en temps, quand un tronc couché leur permet de s'asseoir. Devant eux, les joncs sont agités par autre chose que la brise, et à leurs cris répondent des grognements. Les voilà autour d'un archeopotamus de belle taille, affalé sur le flanc, deux pattes complètement enfoncées dans la vase, les deux autres pitoyablement dressées, animées encore de lents mouvements. Un essaim de mouche vrombit autour de la tête de l'animal, sur ses yeux déjà vitreux, dans sa bouche entrouverte. Une odeur puissante de mort s'ajoute à la pestilence de la tourbière.

En prenant appui les uns sur les autres, ils lancent de toutes leurs forces sur l'animal les pierres qu'ils ont apportées, en visant la tête. Au bruit mat des projectiles sur le crâne et la mâchoire de l'animal répond un sursaut et un faible cri. La bête s'enfonce un peu plus encore dans la boue.

Cherche-Manger, Longues-Jambes et Oeil-Bleu échangent un regard entendu : La horde peu s'approcher, sans grand danger, pour achever les archeopotamus.

Le soleil est haut au-dessus de leur tête. Ils sont venus nombreux, en faisant une longue chaîne depuis la terre ferme, pour passer de proche en proche les Galets-qui-Tranchent. Ils sont affairés autour de plusieurs animaux mourants, qu'ils abattent, avec une sauvagerie presque méthodique.

Les yeux crevés pleurent un mucus plein de mouches mortes, des gorges tranchées s'écoule un sang sombre et épais. Des ventres ouverts saillent les serpents pâles des intestins, pleins d'herbe pourrissante et fétide. Le foie des animaux est promptement arraché. Il passe de main en main, masse flasque et brune sitôt couverte d'insectes. Il sera pour les anciens, dont les dents branlantes peinent à mâcher la chair crue des grands animaux.

La curée est indescriptible. Ceux-qui-Sont-Debout sont barbouillés de boue et de sang, leurs cheveux collés sur leurs joues et leurs épaules.

De longues lanières de viande sombre sont transportées vers la berge, lavées dans le lac, puis acheminées vers le Rocher. Les moins valides, restés aux abris, les suspendront dans la brise pour en sécher une partie. Le reste sera dévoré le soir même.

Les eucyons sont là, ils attendent les chasseurs qui sortent de la tourbière, ils tournoient, ils jappent. On leur abandonne les tripes, les pattes, les morceaux les moins tendres. Ils se disputent autour des abats sanguinolents.

Vers le soir, ceux des archeopotamus enlisés qui n'ont pas été achevés et remuent encore faiblement ont été délaissés par les vautours et les marabouts, qui grouillent maintenant sur les restes des animaux dépecés. Ils nettoient les carcasses ouvertes, les cages thoraciques béantes, leurs têtes plongées jusqu'au cou dans les viscères.

Les jours qui suivent, Ceux-qui-Sont-Debout se goinfrent de viande. L'abondance est telle, et l'urgence de la consommer avant qu'elle ne grouille de vers est si grande que les eucyons n'ont pas à se contenter des déchets, mais peuvent se gaver de muscles rouges et de graisse épaisse.

Ceux du Peuple-des-Pierres, revigorés dans leur chair et dans leur esprit, reprennent espoir. Ils trouveront, assurément, de nouveaux lacs, des rivières poissonneuses, des forêts accueillantes et riches, des abris sûrs, loin des bêtes qui dévorent.

Le soir, devant les grottes, les rires fusent, les conversations vont bon train, et Ceux-qui-Sont-Debout veillent tard, et ne rentrent dormir qu'à la nuit noire. Le jour, devant les cavernes du Rocher, les eucyons, étrangement familiers et presque lascifs, viennent se vautrer et jouer jusque parmi ceux de la horde. Mange-Poux leur jette quand même des regards inquiets et ne quitte pas son enfant, qu'elle garde étroitement serré sur sa hanche.

Un soir, au coucher du soleil, après un repas chargé, lorsque les grenouilles du lac chantent inlassablement, alors que Mange-Poux allaite son enfant, une mère eucyon vient s'allonger tout contre elle, sur le côté, offrant à ses petits, alignés sur son ventre, ses mamelles qu'ils viennent téter. Ceux de la horde qui sont là regardent avec surprise, puis amusement, l'étrange tableau.

Ce même soir, les anciens décident que ceux qui exploreront la contrée au-delà des Montagnes-Inconnues, à la recherche de nouveaux lacs, partiront le matin suivant.

Pieds-Rapides, Oeil-Bleu, Cherche-Manger et quelques autres remonteront la petite rivière qui, du côté du soleil levant, descend la vallée entre le Promontoire et la Montagne-Crépuscule, et se jette dans le Lac-aux-Méduses. Les expéditions de chasse sont par le passé allées par là, mais sans s'éloigner à plus d'une demie lune de marche. Cette fois, les voyageurs devront être plus hardis.

Tête-Nue se demande si la meute des eucyons suivra les explorateurs.

Au moment où le soleil se couche, le sol tremble et les occupants des abris sur le flanc de la Montagne-qui-Gronde entendent des cailloux dévaler la pente. Accoutumés aux soubresaut de la terre, ils se retournent et s'endorment.

Les eucyons, silencieusement, se regroupent et s'éloignent.

La Montagne-qui-Gronde

Guetteuse-d'Etoiles, comme de nombreuses autres nuits, est installée sur la même grande pierre plate, au sommet du Promontoire qui domine la vallée, le Lac-du-Promontoire, et la rivière.

De nuit en nuit, elle suit la progression de la comète dans le ciel, qui parcourt les constellations. Elle a quitté l'Ecrevisse, et barre dorénavant la Libellule. Sa queue, qui naguère rayait le ciel comme une cicatrice pâle sur la peau noire d'une poitrine, a raccourcit et s'est séparée en deux filets incertains.

Cette nuit, la lune est presque pleine à nouveau, et sa lumière douce baigne la vallée. Au loin, en contrebas, retentissent les cris d'une bête de la nuit, puis plus rien. Du côté de sa main malhabile, elle voit le rougeoiement de la Montagne-Crépuscule, étonnamment lumineux dans la clarté lunaire.

Quelques insectes stridulent encore dans les fourrés, et Guetteuse-d'Etoiles somnole paisiblement, lorsqu'elle est réveillée par une secousse, plus forte que la précédente qui avait déjà fait osciller la montagne au coucher de soleil. Le rocher n'en finit pas de frémir sous elle.

Elle lève la tête, frissonne un peu, s'aperçoit que le disque blanc de la lune commence sa plongée derrière l'horizon, du côté de la trouée, et que derrière elle, déjà l'aurore rosit le ciel.

Une autre secousse, beaucoup plus forte encore, descelle des pierres qui roulent dans la pente et s'immobilisent dans les fourrés. Devant elle, sur le flanc de la Montagne-qui-Gronde, une étrange trainée grise s'étire. Une rumeur, profonde comme le feulement d'un dinofelis courroucé, monte de la vallée, ou bien vient-elle de la montagne ?

D'autres tremblement du sol suivent, presque continûment.

Puis quelque chose, dans son champ de vision, du côté du volcan, lui fait lever le regard.

Guetteuse-d'Etoiles, pétrifiée, contemple maintenant le sommet de la Montagne-qui-Gronde qui se déchire, et laisse échapper de monstrueuses volutes de fumée et de poussière, en grands rouleaux opaques, rendus comme solides par la pauvre lumière du jour qui se lève.

Incrédule, elle se frotte les yeux, pour s'assurer qu'elle est bien réveillée.

La montagne vomit, là devant ses yeux, comme les tourbillons de vase qui montent dans l'eau du lac lorsqu'on remue la fange du fond, ou comme les gros nuages d'orage avant la foudre.

Dans la lumière dorée du matin, ils paraissent aussi épais et compacts que le dos des grands archeopotamus, lorsqu'ils se bousculent dans le lac.

Le ciel si pur quelques instants plus tôt est maintenant envahi par une nuée formidable, qui monte très haut, obscurcissant le ciel et jetant une ombre lugubre sur la vallée, jusqu'à la grande Trouée qui permet le passage vers le Lac-Immense.

Guetteuse-d'Etoiles, les yeux grands ouverts, le visage baignée de sueur, voit la nuée ardente dévaler la pente vers le lac. Elle voit les volées de pierres innombrables que le volcan crache vers la vallée, elle entend le grondement caverneux de l'avalanche de roches, de gaz et de poussières qui détruit tout sur son passage.

Devant elle, sur le versant de la Montagne-qui-Gronde, les abris de Ceux-qui-Sont-Debout ont déjà disparu, enveloppés dans la cataclysme. Ses compagnons, ceux qu'elle aime sont là-bas, maintenant ensevelis sous les décombres de roches, noyés dans la nuée.

Tétanisée par le spectacle, déféquant de peur, Guetteuse-d'Etoiles est incapable de se lever et de fuir.

Encore et encore, la montagne déverse des roches et des poussières. Elles couvrent le Lac-du-Promontoire, qui fume et qui commence à déborder, dans un nuage de vapeur.

La nuée de mort remonte maintenant la pente vers le Promontoire, en volutes qui se déroulent et tournoient, et le vent fait remonter une odeur étrange de catastrophe.

Enfin, Guetteuse-d'Etoiles parvient à s'arracher au spectacle d'apocalypse, à se redresser, les jambes flageolantes, et à pas incertains d'abord, à toutes jambes ensuite, à redescendre du Promontoire du côté opposé à la vallée.

Arrivée plus bas, au bord de la rivière qui coule vers le Lac-aux-Méduses, elle s'arrête, le souffle court, le dos trempé, grelottante, titubante. Recroquevillée sur une pierre, au bord du courant, la tête entre les mains, elle revoit sous ses paupières closes l'épanchement géant de la montagne, le ciel envahi par la nuée, elle sent l'odeur de poussière et de pierres brisées et ses oreilles résonnent encore de la clameur de la terre.

C'est vers le milieu du jour que ceux des abris de la Montagne-Crépuscule la découvrent, prostrée, à la même place.
Ils ont eux aussi été réveillés par les secousses du sol, et par le bruit sourd de l'avalanche. Depuis leurs abris, perchés sur le flanc de la Montagne-Crépuscule, ils ont pu voir, au-delà du Lac-aux-Méduses, la nuée ardente dévaler la montagne, ensevelir sur son passage les grottes de leurs proches, remplir la cuvette du lac d'une nuée de poussière et de roches, remonter vers le promontoire. Ils ont assisté, impuissants, au désastre des leurs.
Lorsque les secousses et le bruit se sont tus, ils ont envoyé les plus courageux vers la rivière et le Lac-aux-Méduses. Mais toute la vallée est couverte de poussière grise, et ils renoncent à s'avancer davantage vers le Lac-du-Promontoire, dissuadés par une odeur lourde qui les fait violemment tousser et pleurer leurs yeux.
C'est alors en remontant la rivière qui se jette dans le Lac-aux-Méduses qu'ils trouvent Guetteuse-d'Etoiles. Serrée dans leurs bras, secouée de sanglots, elle parvient à s'abandonner.

De retour aux grottes de la Montagne-Crépuscule, ils y trouvent Cherche-Manger et Longues-Jambes, qui sont arrivés du Lac-

Immense. Eux aussi ont senti la terre trembler. Puis, au petit matin, il ont assisté au spectacle étrange de la Trouée noyée dans un halo de poussière, très haut et remontant sur les hauteurs de chaque côté, que le soleil illuminait à contre-jour. Peu à peu, le vent a déchiré le nuage, et ils ont essayé de s'aventurer dans la Trouée, mais l'air était irrespirable. Ils ont du passer par la montagne, en contournant largement le Lac-des-Méduses, sur le contrefort de la Montagne-Crépuscule.

Les voilà tous, attroupés au bord de la corniche, contemplant la vallée dévastée.

Bien sûr, le projet d'expédition vers les Montagnes-Inconnues est balayé des esprits. Le Peuple-des-Pierres doit se ressaisir, survivre au désastre, se réorganiser, évaluer les dégâts causés aux lacs.

La nuit ils se recroquevillent les uns contre les autres, laissant au lendemain l'exploration des lacs détruits et la recherche de survivants.

Mamelles-Sèches, dans son coin, sanglote en pensant à ses fils Un-des-Deux et Un-des-Deux, qui dormaient dans un des abris de la Montagne-qui-Gronde.

Au matin le vent a nettoyé le ciel, et la visibilité sur la vallée est retrouvée. Les plus vaillants parmi Ceux-qui-Sont-Debout s'aventurent jusqu'au Lac du Promontoire, encombré, du côté où la rivière en sort, par des amoncellements de roches. Le niveau a monté, et la surface est couverte de blocs de pierre ponce qui flottent et s'entrechoquent. Les abords du lac sont couverts d'une épaisse couche de poussière qui s'envole à chaque coup de vent, les fait tousser et éternuer. L'odeur est encore insupportable, et l'eau est opaque. A sa surface flotte une profusion de poissons morts, éclatés et boursoufflés.

Longues-Jambes aventure un pied dans l'eau pour récupérer un poisson, mais le retire vivement, avec un cri de surprise. Elle est très chaude, bien plus chaude encore que celle des sources sur le flanc de la Montagne-Crépuscule, au-dessus des grottes du Rocher, là où ils vont se baigner.

Avec des regards tristes à tous ces poissons morts, inaccessibles, Ceux-qui-Sont-Debout contournent le lac, comme dans une lente procession, et ne trouvent que dévastation. Plus un cri d'oiseau, plus un croassement de grenouille. Rien, si ce n'est le bruit du vent.

Ils remontent vers la petite caverne sur le flanc du promontoire, qui fait face aux abris détruits de l'autre côté du lac, sur la Montagne-qui-Gronde.

C'est là que vit, solitaire, Mange-Grenouilles, une vieille irascible dont les enfants ont disparu naguère dans une expédition de chasse. Depuis, elle vit recluse dans la petite grotte.

Ils la trouvent morte sur le seuil, couverte de poussière, couchée sur le ventre. Elle a dû vouloir fuir. Elle n'a pas pu.

Tandis qu'ils reviennent tristement vers la Montagne-Crépuscule, la terre tremble à nouveau.

Ils trouvent leurs compagnons restés aux abris à mi-distance, venus à leur rencontre. L'inquiétude se lit sur leurs visages. Là-haut, disent-ils, au-dessus des grottes, vers le sommet, la terre bouge. Des arbres tombent, et une odeur prenante descend de la montagne.

Ils remontent ensemble jusqu'aux abris sur la pente du volcan. Une puanteur étrange plane dans l'air, et comme une brume effilochée, grise et brune, est chassée par le vent qui descend du sommet.

Crie-entre-ses-Doigts et Pieds-Rapides décident de gravir la pente, sur le petit sentier que des générations de marcheurs ont tracé sur l'arête qui mène au sommet.

Dans le ciel, au-dessus des arbres qui leur cachent la cime, des volées d'oiseaux fuient, environnés par des trainées de fumée. Lorsqu'ils arrivent au cratère, ils constatent que le lac de lave, gris en plein jour, rouge sombre la nuit, a considérablement grossi. La roche visqueuse déborde maintenant et s'épanche dans le haut de la ravine qui descend vers le lac, et qui passe en contrebas des abris de Ceux-qui-Sont-Debout.

Comme une boue brûlante et très épaisse, la pierre en fusion dégouline lentement, très lentement, sur les buissons qui fument et flambent, puis sont écrasés. Poussés par la curiosité, ils s'approchent jusqu'à ce que la chaleur, devenue infernale, les empêche d'avancer. Les yeux fixés sur la langue de lave, ils la voient progresser, lentement, très lentement, et manger la végétation qu'elle calcine sur son passage.

La coulée de lave

Pieds-rapides et Crie-entre-ses-Doigts, de retour aux grottes, racontent que le lac de lave, qui a toujours, de mémoire de Ceux-qui-Sont-Debout, été confiné au le cratère, est en train de déborder.

S'il continue à couler, il passera dans le goulet qui descend vers le lac, qu'empruntent les eaux quand un gros orage s'abat sur la montagne. En grimpant un peu plus haut que les abris, on peut voir le tracé de la ravine qui descend d'abord tout droit, puis serpente entre les arbres vers le Lac-aux-Méduses.

Une chape d'inquiétude s'abat sur les habitants des grottes de la Montagne-Crépuscule, qui accentue encore la tristesse et l'angoisse causées par la destruction des abris du Lac-du-Promontoire, et la mort de leurs occupants. Doivent-ils fuir ? Sont-ils menacés ? Vont-ils eux aussi mourir ?

Les regards se tournent vers Mamelles-Sèches, assise au fond de l'abri, les coudes sur les genoux, la tête entre ses mains. Dans l'ombre, dans son visage noir et ridé, ses yeux rougis par les pleurs fixent un point dans le vide.

Lorsqu'elle s'aperçoit que tous la regardent, elle se redresse, puis les mains à plat sur le sol, le menton haut, elle déclare qu'elle restera chez elle, ici. Si le volcan coule, il passera dans la ravine, plus bas, et les cavernes seront préservées. De mémoire d'anciens, il n'est jamais descendu jusqu'au lac. Les poissons survivront, la horde aura toujours à manger. Elle, Mamelles-Sèches, restera. Oui, elle restera.

Lorsqu'elle s'interrompt, des murmures s'échangent. Chacun s'interroge. Certains se décident à rejoindre Ceux-du-Lac-Immense, d'autres choisissent de rester, eux aussi.

Le soleil est encore haut quand ils descendent tous jusqu'au Lac-des-Méduses, en empruntant la petite sente broussailleuse. Un peu plus bas, ils arrivent à la source du ruisseau permanent qui coule vers le lac, et que rejoint la ravine. Pour la première fois dans leur mémoire, la source est tarie.

Arrivés sur la rive du Lac-des-Méduses, ils se regroupent en silence, et contemplent la surface tranquille, les roseaux qui la bordent, les nénuphars couverts d'une fine couche de cendre entre lesquels flottent entre deux eaux les petites méduses laiteuses. Ils devinent, plus loin, après la petite rivière qui quitte le lac en aval, le Lac-du-promontoire dévasté, parsemé de blocs de ponces et gorgé de cendres, la forêt couverte de poussière, les poissons pourrissants. Et sous les décombres, les abris ensevelis.

Mais ici, tout semble presque normal. Des poissons se glissent comme des ombres entre les algues, des grenouilles plongent au passage des marcheurs. Tout à l'heure, sur le sentier, ils ont entrevu une compagnie de kolpochoerus qui se faufilaient dans les fourrés.

Ceux qui souhaitaient partir pour le Lac-Immense et devaient quitter leurs compagnons au bord du lac, hésitent maintenant. Tout parait si normal …

Des regards latéraux s'échangent, on se racle la gorge. Il y a ceux qui regardent leurs pieds d'un air absent, et ceux qui regardent au loin, le menton levé, d'un air crâne…

Quelques instants passent avant que Pieds-Rapides annonce enfin qu'il part pour les grottes du Rocher, au bord du Lac-Immense. Son regard est déterminé, mais un doute persiste: Pieds-Rapides restera-t-il là-bas, ou bien reviendra-t-il vers eux ? Aucun de ceux qui ont décidé de rester ne lui pose la question. On le regarde s'éloigner sur le sentier qui descend au lac, puis disparaître entre les buissons.

Vers le soir, cependant, ceux des abris entendent des cailloux rouler sur le chemin. Ils voient Cherche-Manger, Boule-Cheveux et, derrière elles Pieds-Rapides, arriver dans la lumière qui décline. Ils sont immédiatement entourés, on les touche, on se serre. C'est avec tristesse que Boule-Cheveux retrouve sa mère Mamelles-Sèches, qui pleure ses autres enfants Un-des-Deux et Un-des-Deux. Les deux femelles s'isolent dans un coin de l'abri, dans l'ombre, et l'on entend confusément, encore tard dans la nuit, des murmures et des sanglots.

Crie-entre-ses-Doigts, Oeil-Bleu et Guetteuse-d'Etoiles, à la nuit tombée, dans la lumière livide de la lune, remontent le sentier vers le cratère. Devant eux, plus haut, une lueur écarlate baigne la cime des arbres, qui se découpent en silhouette sur un ciel chargé d'une fumée épaisse qui s'étale comme un halo rougeoyant au-dessus de la fournaise. Une acre odeur les fait tousser. Ils restent là un moment avant de redescendre en silence.

Cet nuit, leur sommeil est agité de cauchemars. Le feu, cette bête immense qui, parfois, dévore la savane pendant un orage, est là, tout près, amené par la lave qui envahit la montagne. Ils l'ont vu naguère courir sur le plateau, du côté du soleil couchant, jusqu'au Lac-Immense, tuant les troupeaux d'hipparions et d'ugandax, laissant derrière lui une terre noire et fumante. Il danse maintenant derrière leurs paupières closes, et ils se réveillent en sueur, pleins d'épouvante.

Au petit matin l'odeur de brûlé et les volutes de fumée rabattues par le vent se font plus alarmantes.

Pieds-rapides, Crie-entre-ses-Doigts, Boule-Cheveux et quelques autres remontent vers le cratère. La coulée de lave est descendue beaucoup plus bas dans la ravine, carbonisant les fourrés sur son passage. Si elle poursuit son chemin dans le creux de terrain, elle ne passera pas là où se trouvent les abris, qui en seront protégés par un repli de terrain.

Durant le jour, inexorablement, la langue de feu progresse vers le lac. Ceux-qui-Sont-Debout, cependant, après de longues palabres, décident de ne pas abandonner les abris. L'épanchement de lave s'arrêtera bien avant le Lac-aux-Méduses, se perdra dans les éboulis. Ils continueront à trouver à manger dans la forêt et dans le lac, du poisson, du gibier, des fruits et des racines. Des écrevisses dans les ruisseaux, des noix et des champignons.

Et puis, de toute façon, où iraient-ils ? Les grottes du Lac-Immense sont déjà surpeuplées !

Les jours qui suivent, ceux des abris tentent de reprendre une vie normale. Ils vaquent à leurs occupations, collectent leur nourriture...

Un soir à l'heure où le soleil ne mord pas encore l'horizon, du côté de la Trouée, Guetteuse-d'Etoiles, accompagnée d'Oeil-Bleu, remontent jusqu'au Promontoire, en restant sur les hauteurs. Lorsqu'il arrivent, le soleil a presque disparu au-dessus de la savane au fond de la Trouée et les étoiles s'allument dans un ciel redevenu clair. L'Etoile-Chevelue, maintenant plus ténue, apparait faiblement sur l'horizon, au-dessus des montagnes.

Perchés là où Guetteuse-d'Etoiles a durant de si nombreuses nuits observé le ciel, ils contemplent la vallée. Du côté de leur main habile, la Montagne-qui-Gronde est défigurée, éventrée par une coulée immense de roches grises qui descend jusque dans le lac.

Des bouches béantes des abris sur son flanc, il ne reste plus trace. Le lac-du-Promontoire, en contrebas, est tout encombré de roches et de cendres qui s'empilent dans son lit, et le fond déborder dans la rivière qui l'alimente. A sa surface flottent de larges radeaux de pierres ponces. Poussés par le vent, ils se sont échoués sur les berges qui ont reculé sous la montée de l'eau. De l'autre côté de l'éboulement, le cours de la rivière en aval s'est tari, bloqué par le barrage amoncelé par l'éruption.

A l'opposé, la Montagne-Crépuscule, ouverte comme un abcès de feu, éclipse complètement le soleil couchant. L'embrasement cramoisi du lac de lave à son sommet se prolonge par une longue coulée sur la pente, comme une étroite coupure vermillon sur son ventre, qui descend déjà presque jusqu'au Lac-aux-Méduses. Des lèvres de cette blessure s'élèvent des filets de fumée rendus lumineux par le rayonnement de la pierre en fusion.

Guetteuse-d'Etoiles et Oeil-Bleu restent longtemps assis sur la pierre froide, abasourdis par l'ampleur et la majesté du spectacle, serrés l'un contre l'autre, le bras vigoureux du mâle enveloppant les épaules de la belle femelle.

Aucun cri d'oiseau, aucun froissement de branchage, aucun croassement de crapaud, rien que le léger bruit du vent dans le feuillage.

Quelque chose de grandiose les envahit, l'ampleur du moment, le caractère exceptionnel de l'événement.

La main d'Oeil-Bleu, presque nonchalamment, s'égare entre les mamelles de Guetteuse-d'Etoiles qui ferme ses yeux. Parcours son dos, son ventre, descend imperceptiblement vers son aine. Elle s'abandonne alors à lui, le dos à plat sur la grande pierre, sous ce ciel magnifique.

Ils s'endorment enfin tous deux, jusqu'à être réveillés par la fraîcheur et le lever du soleil derrière les Montagnes-Inconnues.

Désorientés, il leur faut un moment pour se remémorer la nuit. Un regard vers la vallée les alarme soudain. La trainée de fumée dans la ravine parvient maintenant au lac, dont s'élèvent des nuages de vapeur que le vent pousse vers la rive opposée.

Guetteuse-d'Etoiles et Oeil-Bleu descendent maintenant vivement vers le fond de la vallée, du côté de la Montagne-Crépuscule. Il faut avertir Ceux-qui-Sont-Debout. La coulée de lave barre désormais la route vers le Lac-Immense, elle atteint le Lac-aux-Méduses, il faut fuir.

Les voilà dans le vallon, au bord du ruisseau qui alimente le lac. Ils le descendent, poussés par la curiosité. En-bas, sur la grève, l'inquiétude les saisit déjà : La lave s'écoule dans le lac, dans un bouillonnement épouvantable.

Ils commencent à remonter vers les abris pour alerter la horde, lorsqu'en face d'eux ces derniers apparaissent, en file, portant les petits enfants, soutenant les anciens. En tête viennent Pieds-Rapides, puis Boule-Cheveux aidant Mamelles-Sèches, et tous les autres. Ils ont vu la rivière de lave, ils ont peur, ils veulent fuir par le lac.

Les revoilà au bord de l'eau. Devant eux, un grouillement de poissons qu'ils n'avaient jamais soupçonné, certains déjà morts, le ventre en l'air, les ouïes ouvertes, d'autres agonisants. Les méduses ont disparu. Ceux-qui-Sont-Debout, qui voulaient contourner la lave en nageant dans le lac, trouvent que l'eau, déjà brûlante, a monté de plusieurs pas au-dessus de son ancien niveau.

Ils longent alors la rive incertaine pour s'éloigner de l'endroit où la roche en fusion se déverse dans le lac, espérant trouver une eau plus fraîche dans laquelle ils pourraient nager jusqu'à la rive opposée.

Tout le bassin du lac est noyé dans une vapeur épaisse qui maintenant stagne au ras de l'eau. Lorsqu'ils atteignent, le long de la berge, la rivière qui se déverse vers le Lac-du-Promontoire, ils la trouvent déjà élargie et engorgée de poissons morts.

Ils s'aventurent alors désespérément dans l'eau chaude, là où ils devraient avoir pied mais où la remontée des eaux les obligent à nager, poussant les vieux et les enfants, dans une nage panique.

De l'autre côté, ils se retrouvent haletant, les yeux rouges, hagards. Ils ont perdu deux enfants, emportés par le courant, avalés par le Lac-du-Promontoire dans lequel, sous la force des flots, de gros blocs de ponce qui s'entrechoquent les ont broyés.

Ils restent un long moment prostrés sur les rochers, environnés de vapeur lourde, la tête basse, avant de se relever et de partir, en hâte, vers le lac-Immense.

Lorsqu'en remontant vers le petit col de la Trouée qui mène au Lac-immense, ils se sont élevés au-dessus du nuage de vapeur qui monte de l'eau bouillonnante, ils s'arrêtent à nouveau pour se reposer.

Mamelles-Sèches, exténuée, est soutenue par deux mâles qui la tiennent sous les aisselles.

Devant eux, d'une vaste étendue brumeuse qui était la petite vallée où ils ont vécu, s'élève une odeur épouvantable de poissons et de végétaux bouillis, mélangée à la fumée âcre des broussailles brûlées.

Une grande tristesse s'abat sur la horde.

Ceux du lac-Immense, de l'autre côté de la Trouée, tout près, pourront-ils les accueillir tous ?

Les volcans après les éruptions

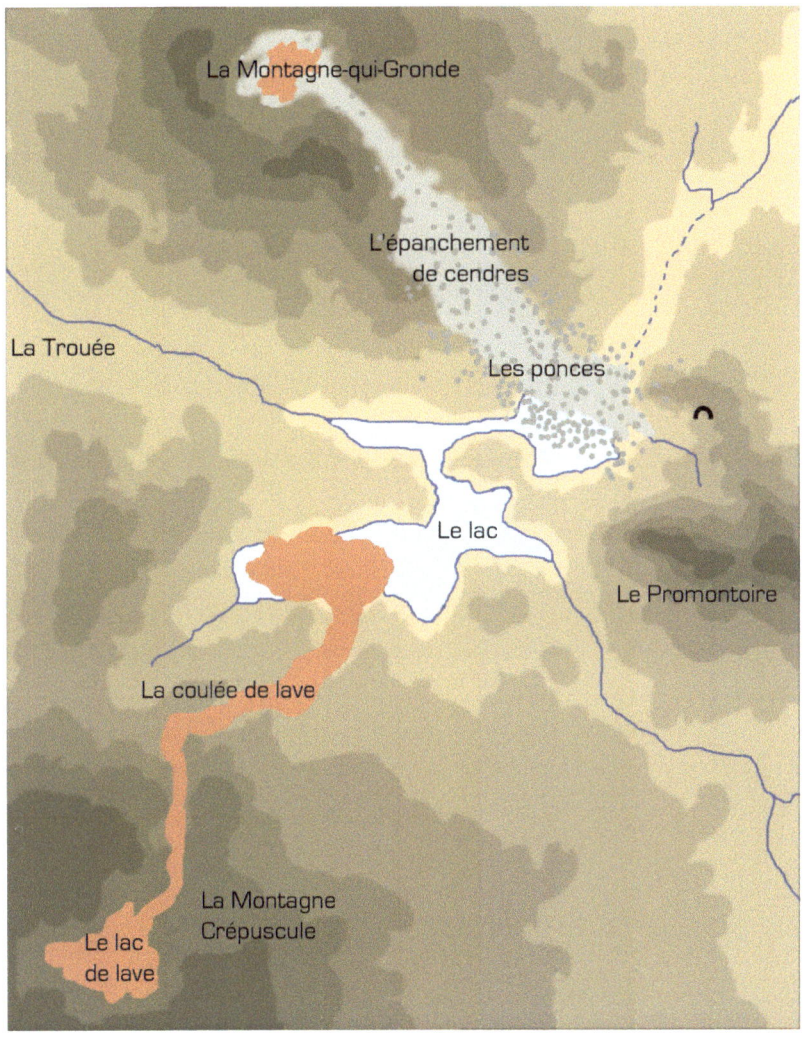

La Montagne-qui-Gronde

L'épanchement
de cendres

La Trouée

Les ponces

Le lac

Le Promontoire

La coulée de lave

La Montagne
Crépuscule

Le lac
de lave

Les abris surpeuplés

Ceux-du-lac-Immense sont venus à leur rencontre, et les rejoignent dans la Trouée, au niveau de la ligne de partage des eaux. Un coureur envoyé vers le Lacs-aux-Méduses était revenu, affolé, inquiet.

Les rescapés sont entourés, réconfortés. On les escorte jusqu'au bord du Lac-Immense. Là, sur les grands rochers noirs qui surplombent la grève, à la lisière de la forêt, en face de la vaste étendue tranquille, ils peuvent enfin se reposer. Ils descendent boire et se laver au lac. Certains toussent, crachent. Beaucoup sont prostrés.

Main-qui-Guérit fait circuler des Plantes-qui-Réconfortent au goût amer, que les plus mal en point mâchouillent et recrachent.

La meute des eucyons a réapparu, sortie de nulle part. Elle est venue à eux, tourne incertaine, renifle, repart.

Ceux des grottes du Rocher sont maintenant là. Ils apportent les lanières de viande d'archeopotamus qu'ils sont parvenus à sécher et à soustraire aux rats. La viande coriace mais nourrissante est arrachée et déchiquetée au moyen des Galets-qui-Tranchent qu'ils ont apportés. Longuement mâchée, elle exsude un suc délicieux. Les plus jeunes mastiquent et recrachent des bouchées de chair pour le plus vieux, dont les dents jaunes et déchaussées branlent. Des noix, des grenouilles écrasées sous des galets, des limaces et des champignons circulent, suivis par des branches chargées de fruits.

Quelques déchets de viande racornis sont jetés aux eucyons qui, attirés par l'odeur, sont à nouveau autour de Ceux-qui-Sont-Debout.

Le soir les trouvent regroupés sur les rochers de la rive, un peu réconfortés, mais les yeux encore pleins du cataclysme qui a détruit la vallée. Ils sont restés là, serrés dans les recoins qui offrent peu de protection contre les prédateurs et le vent. Les plus vieux sont encore trop faibles pour aller jusqu'aux grottes du Rocher, et à celles de l'Ile-Refuge. Ils savent aussi que les abris déjà surpeuplés ne pourront les accueillir tous, ils savent que les ressources du lac ne seront pas suffisantes pour eux tous. Ils sont moroses et anxieux. L'avenir sera difficile.

Cette nuit-là les eucyons sont restés. Ceux-qui-Sont-Debout ont caché ce qui restait de viande sous de grosses pierres lourdes, pour éviter que la meute ne la pille. La bande glapissante a fini par se coucher non loin de la horde. Au milieu de la nuit, Crie-entre-ses-Doigts se réveille. Tout près, les eucyons grondent et s'agitent. Un prédateur rode. Dans la lueur pâle de la lune, les mâles réveillés par l'alerte, scrutent les arbres de la forêt, tous proches. Quelques jets de pierres dans les fourrés, au-delà des eucyons, provoquent la fuite d'un animal invisible, dans un froissement de feuillage.

Un guetteur reste éveillé jusqu'à ce que la boule vermillon du soleil se lève au dessus des arbres.
Après être allés boire au lac et uriner dans les fourrés, les adultes se regroupent au bord de l'eau. Il leur faut décider que faire. Ils ne sont pas en sécurité sur les rochers. Ils ne sont pas à l'abri de la pluie, de l'orage, des bêtes fauves. Ils ont perdu dans leur fuite tous leurs Galets-qui-Tranchent. Ceux du Rocher et de l'Ile-Refuge ne partageront pas volontiers les leurs.
Poussés par la nécessité de ne pas rester une nuit de plus aussi vulnérables, alors qu'ils sont encore harassés de fatigue, ils décident très vite de se diriger, avec les vieillards et les enfants, vers les abris du Rocher et de l'Ile-Refuge.
Ceux qui sont issus des abris du Lac-Immense, Cherche-Manger, Boule-Cheveux, y retrouveront leur place. Les rescapés des grottes du Lac du Promontoire et du Lac-aux-Méduses quant à eux devront demander l'hospitalité pour quelques temps. Ils enverront les plus braves au loin chercher d'autres grottes, d'autres lacs, d'autres rivières. Là ou il y aura à manger pour eux, sans compromettre les ressources déjà très sollicitées du Lac-Immense.
La progression le long du rivage est aisée, et lorsqu'ils arrivent, vers le milieu du jour, Sans-Dents les accueille. On leur trouve des recoins où dormir, on part ramasser des brassées de roseaux et de fougères pour leur confectionner des couches.

Dans l'émotion des retrouvailles, et du danger passé, ils s'accommodent tous des corps entassés, de la promiscuité, de l'inconfort dans les abris devenus trop petits pour tant de monde. Certains veillent longtemps, enlacés, à se palper dans le noir, à se caresser comme pour se rassurer, tandis que d'autres, sourds aux paroles murmurées tout à côté d'eux, tombent immédiatement dans l'abandon du sommeil.

Cette nuit, le sol ne tremble pas.

Dès le lendemain Pieds-Rapides et Longues-Jambes sont envoyés vers les abris de la Montagne-Crépuscule pour y chercher, dans les cachettes, tous les précieux Galets-qui-Tranchent laissés par ceux qui sont partis. Ils emportent la peau d'un singe en guise de sac, comme ils l'ont vu faire par ceux du Peuple-du-Sel, lorsqu'ils viennent des lacs lointains, en aval de la rivière, avec leur précieux chargement. Ils pourront y entasser les Galets-qui-Tranchent.

Pieds-Rapides et Longues-Jambes devront contourner la Montagne-Crépuscule du côté opposé à la coulée de lave, dans les ronciers et les taillis, là où les rochers sont traîtres. Le trajet n'est pas long mais difficile et périlleux.

La forêt sur la pente du volcan est un dédale d'arbres morts ou vivants festonnés de lianes fleuries, un amoncellement de roches instables, sillonnée de ravines et d'éboulis. Les deux marcheurs progressent aussi rapidement que le terrain le permet, indifférents au vacarme des oiseaux et des singes au-dessus de leurs têtes. Ils ne s'arrêtent brièvement que pour cueillir des fruits mûrs, des feuilles qu'ils savent savoureuses. Lorsque qu'un tronc pourri barre leur passage, ils prennent le temps de sonder le bois qui s'effrite, de fouiller avec un cailloux les fibres vermoulues pour en extraire, du bout de l'ongle, des larves blanches et succulentes. Puis ils reprennent vivement, comme coupables de s'être attardés, leur progression dans les taillis.

Ils contournent largement le cratère invisible au-dessus d'eux, et, avant le milieu du jour, se retrouvent un peu au-dessus des abris désertés.

Tout est resté comme la horde l'avait laissé. A leur approche, des rongeurs affairés autour des reliefs de repas s'éparpillent, quelques oiseaux s'enfuient.

Pieds-Rapides et Longues-Jambes visitent les petites grottes sur la pente, ramassent les Galets-qui-Tranchent abandonnés sur les grandes pierres, là où l'on découpe le poisson ou le gibier, fouinent à la recherche de quelque chose de comestible. Puis ils se dirigent vers les caches où le Peuple-des-Pierres met à l'abri les précieuses obsidiennes qu'ils vont chercher au loin, sur le flanc d'autres volcans et dans les torrents qui en descendent.

Ils y trouvent quelques Galets-qui-Tranchent, encore entiers, certains ronds et lisses, roulés par les eaux, d'autres éclatés de la paroi rocheuse, anguleux, avec des facettes brillantes.

Voilà les trésors dans la peau de singe, fermée par un noeud sommaire comme savent le faire Ceux-qui-Sont-Debout. Les deux mâles vigoureux se regardent un instant, l'air satisfait, leurs lèvres pleines écartées dans un sourire qui dévoile leurs dents encore blanches.

Le retour est plus lent. Ils doivent faire un large détour pour éviter une compagnie de kolpochoerus belliqueux. Les bêtes trapues qui fouillaient le sol à la recherche de racines, se sont agressivement portées, les défenses pointées et en grognant, vers les marcheurs qui s'approchaient.

Ce n'est que vers le soir qu'ils arrivent, fourbus, au Rocher qu'ils gravissent d'un pas las jusqu'aux petits abris sous les avancées de pierre noire.

Les jours qui suivent sont difficiles : Ceux-qui-Sont-Debout, privés des ressources du Lac-aux-Méduses, qui était, avant la catastrophe, particulièrement poissonneux, et des riches forêts de la petite vallée, peint à se nourrir de ce que le Lac-Immense leur offre. Une grande partie du lac est en effet colonisée par les archeopotamus, dont le nombre n'a pas significativement baissé lors de la grande chasse, et qui se montrent agressifs lorsque des nageurs approchent. Ceux-qui-Sont-Debout ont a nouveau utilisé des blocs de ponces flottant sur le lac pour approcher du troupeau, mais le subterfuge, plusieurs fois répété, finit par ne plus effrayer les gros animaux. Ainsi toute un partie du lac, riche en petits animaux, en poissons, en batraciens, en rhizomes de nénuphars, leur est interdite.

Les abris manquent. Les grands rochers couchés sur les pentes des collines, sur la berge du lac au-delà du défilé, n'offrent que d'étroits surplombs qui n'abritent pas du vent, et sont difficiles à défendre.

Dans les grottes surpeuplées, les disputes sont fréquentes, et la faim qui arrive déclenche des rixes entre ceux nés au bord du Lac-Immense et ceux venus des lacs des volcans. La meute des eucyons, comme s'ils avaient senti l'ambiance lourde, et la pénurie, a disparu.

Le mécontentement gronde et un soir, les anciens, qui se sont isolés sur un rocher, tout au sommet de l'Ile-Refuge, décident que deux expéditions partiront des lacs.

Guetteuse-d'Etoiles, Crie-entre-ses-Doigts, Boule-Cheveux, Pieds-Rapides et de nombreux autres descendront la rivière dans le défilé, vers les abris et les lacs du Peuple-du-Sel. Ceux d'ici sont en détresse. Une alliance avec ces lointains voisins permettra, les anciens n'en doutent pas, d'accéder à leurs lacs, de partager leurs richesses. Le Peuple-des-Pierres devra, cette fois-ci, surmonter la différence, l'allure exotique de ceux qui maîtrisent le sel, leur langue étrange, leurs moeurs incompréhensibles. Ceux qui migreront apporteront quelques Galets-qui-Tranchent, parmi les meilleurs, et proposeront l'échange de partenaires.

Les anciens espèrent enfin que quelques-uns parmi ceux qui vont partir reviendront un jour avec du sel, et pourront repartir à nouveau avec des Galets-qui-Tranchent.

Oeil-Bleu et Longues-Jambes quant à eux iront vers les Montagnes-Inconnues à la recherche de nouveaux lacs et de gisements d'obsidiennes. Les Galets-qui-Tranchent seront des cadeaux de prix pour le Peuple-du-Sel, quand le Peuple-des-Pierres aura obtenu leur alliance, et le partage des lacs poissonneux.

Le lendemain, devant tous les survivants du Peuple-des-Pierres réunis sur la grève, Tête-Nue annonce les décisions prise par les anciens. Elles sont reçues avec soulagement, comme un moyen de relâcher la tension qui monte depuis des jours. En dépit des difficultés qui s'annoncent, c'est presque joyeux qu'Oeil-Bleu et Longues-Jambes, le jour même, alors que le soleil n'est pas encore au milieu de sa course, prennent le départ.
Vers le soir, les femelles des abris du Rocher découvrent que deux des meilleurs Galets-qui-Tranchent ont disparu.

La bande, beaucoup plus nombreuse, de ceux qui vont vers les contrées du Peuple-du-Sel, ne prend son départ que le jour suivant, après avoir lourdement prélevé dans ce qui reste de viande d'archeopotamus séchée, de noix, de figues. L'expédition sera menée par Pieds-Rapides, qui a déjà, il y a de nombreuses lunes, visité le pays du Peuple-du-Sel.
Les adieux sont difficiles. Les yeux humides, on s'enlace une dernière fois sur la grève, face au lac. Les anciens, que les voyageurs ne reverront peut-être plus, sont là, le regard triste.
Tous les enfants sont là, eux aussi. Ils ne comprennent pas tous ce qui se passe, mais sont sensibles à la gravité de l'instant. Les petits sont accroupis à l'écart, leur visages juvéniles, encadrés de leur tignasse frisée, levés vers les adultes debout qui s'étreignent.
Les voyageurs les regardent longuement, avec tendresse. Ils ne peuvent les emmener.

Ils sont trop fragiles, trop vulnérables pour risquer le voyage, ils resteront près du Lac-Immense avec les vieux, les mères allaitantes ou gestantes, les infirmes et quelques mâles valides pour les protéger. Comme pour écourter ce moment douloureux, Boule-Cheveux et Pieds-Rapides, après s'être concertés du regard, s'engagent d'un pas décidé sur la rive, sans se retourner. Tous les voyageurs, à regret, les suivent.

Plus tard, après la marche vers le défilé le long de la rive et le marais fangeux, là où la rivière s'écoule du lac, ceux qui partent s'arrêtent longuement, à regarder une dernière fois le Lac-Immense, l'Ile-Refuge au milieu des eaux, et tout là-bas, la rive de la Grande Tourbière.

La gorge

Ceux qui partent savent que certains d'entre eux ne reviendront peut-être plus. Ils espèrent trouver au loin un monde meilleur, sans volcans cruels, avec des lacs poissonneux et des forêts généreuses. Des grottes aménageables, des sources d'eau claire.

Ils savent que la route n'est pas longue, mais difficile. Au départ du lac ils affrontent les bras marécageux de la rivière qui s'étalent sur presque toute la largeur du défilé, ne laissant qu'un étroit passage au ras de la paroi que le courant a creusée lors des plus grandes crues. Comme ils l'avaient fait précédemment lors de la grande chasse manquée, ils restent à pieds secs sur le bord, dans l'ombre du talus presque vertical qui borde l'eau paresseuse. Une faune abondante habite les joncs et les roseaux qui poussent entre les entrelacs de bras vaseux et d'îlots bas. Avant d'atteindre le gué pierreux qui permet de traverser sans risquer de s'enliser, les voyageurs s'avancent prudemment, en marchant sur des brassées de joncs couchés. Ils se dirigent vers un banc rocheux d'où ils ont vu s'envoler, dans des cancanements énergiques, des oiseaux gris et bleus. Ils y dénichent des oeufs récemment pondus, qu'ils dévorent de bon appétit.

Lorsqu'ils atteignent le gué, ils s'y engagent pour y pêcher. En effet le courant se faufile entre les roches émergées qui forment, bout à bout, comme une chaussée entre les rives. Dans les passes rétrécies, entre les gros blocs arrondis et glissants, les poissons argentés sont obligés de se faufiler prestement.

Voilà Boule-Cheveux et Pieds-Rapides déjà assis sur un rocher, les mains, paumes en l'air, posées sur le fond, dans le filet d'eau claire, attendant qu'une proie s'aventure au-dessus et qu'ils puissent d'un geste vif, en la soulevant prestement, la projeter hors de l'eau. Il faut alors être très rapide et la saisir fermement avant qu'elle ne puisse, en se débattant, regagner la rivière. D'autres parmi Ceux-qui-Sont-Debout les imitent. Certains poissons en réchappent, mais avant peu, de belles prises, assommées à coups de cailloux, s'amoncellent sur une roche plate.

Après avoir éventré les poissons au moyen d'un galet cassé, pour économiser les précieuses obsidiennes, ils déjeunent tout en bavardant, au milieu du gué.

Plus haut, la rivière plus rapide n'est plus encombrée de roseaux et de bancs de vase. A travers l'eau translucide se devinent les roches du fond, les algues qui ondulent, les poissons qui se poursuivent par saccades.

A la fin du jour, les voyageurs s'arrêtent dans un renfoncement de la berge, là où les grandes racines d'arbres vigoureux sont cramponnées dans les fissures du rocher, au-dessus de la surface des flots. Elles y forment comme un abri ombragé.

Au petit matin les rayons du soleil encore trop bas ne parviennent pas jusqu'au fond de la gorge et la pénombre se prolonge longtemps sous le petit surplomb qui abrite les voyageurs. Lorsque qu'enfin des rais de lumière pénètrent jusqu'à l'eau, et font miroiter les clapotis, Ceux-qui-Sont-Debout se réveillent en sursaut, inquiets, alertés par des bruits insolites.

Quelque chose s'approche, sur l'étroite grève dominée par la paroi qu'a creusée le courant. Des buissons dérangés, des petits cris, justes perceptibles au-dessus de la rumeur de la rivière.

En un instant, les voilà tous en alerte, un Galet-qui-Tranche dans une main, un cailloux ramassé au hasard dans l'autre.

Que faire ? Fuir le long de la petite sente, entre le courant et la falaise? dans la rivière, à la nage ? La sente est accidentée, et le courant ne permet pas de nager, il est bien trop encombré de rochers.

Ils restent donc regroupés, coude à coude … Prêts à un assaut de prédateurs. Crie-entre-ses-Doigts et Pieds-Rapides s'avancent un peu, prudemment.

Ils voient alors apparaître, en file indienne … La meute familière des eucyons ! Devant s'avance Croc-Brisé, qui s'immobilise un instant, puis vient résolument vers les marcheurs soudain soulagés.

Toute la meute est là. Les renifle. Avec quelques jappements, les voilà assis sur leur arrière-train, en attente.

Ceux-qui-Sont-Debout, la surprise passée, se mettent à s'interpeller bruyamment. Pourquoi les eucyons les ont-ils suivis? Vont-ils les accompagner vers les grottes du Peuple-du-Sel ?

Lorsqu'ils reprennent la marche, Boule-Cheveux en tête, Guetteuse-d'Etoiles fermant la marche, la meute leur emboîte le pas, à distance, malgré l'étroitesse du chemin entre la rivière et la falaise.

Plus tard, le passage s'amenuise davantage encore, et il ne reste qu'une étroite corniche au-dessus de l'eau qui se précipite en rapides entre les parois resserrées.

Ici, il est impossible d'atteindre l'eau pour boire ou se rafraîchir sans risquer de tomber dans le courant et être emporté. La roche est lisse et solide, érodée par les crues de la rivière, mais couverte par endroits de cailloux tombés des corniches plus haut. Le pas y est hasardeux, quand la sente est en dévers : Une pierre instable et traître sous le pied peut précipiter le marcheur inattentif vers les tourbillons.

Les voyageurs avancent donc à petits pas, se donnent la main parfois, profitent des fissures et des touffes hirsutes de plantes coriaces pour se cramponner dans les passages difficiles.

Les eucyons suivent, non sans hésiter aux endroits les plus périlleux. Ils s'arrêtent puis repartent dès que les marcheurs prennent de l'avance. Une femelle grosse dérape dans les cailloutis et se rattrape de justesse, au bord du précipice, geint plaintivement, s'assied sur son arrière-train, se laisse distancer. Croc-Brisé revient sur ses pas, la pousse du museau. Ils repartent tous.

Plus loin, caché dans un recoin du rocher, un oiseau qui s'était tenu coi lors du passage de Ceux-qui-Sont-Debout s'envole soudain à grand fracas lorsque à son tour passe la meute. Un jeune eucyon, tout près, sursaute et perd pied, glisse vers l'eau en tentant frénétiquement de s'accrocher aux aspérités de la pente, puis s'abîme dans les tourbillons. Il est emporté par le flot, essaie de nager. Il est précipité sur un gros rocher émergé. L'animal est brisé sous la violence du choc, et comme une loque inanimée, il disparait au loin.

La meute s'est arrêtée, et les mâles, le museau en l'air, les yeux clos, hurlent à la mort. Leurs cris, réverbérés dans l'étroit canyon, sonnent comme une immense clameur qui couvre le bruit de la rivière.

Ceux-qui-Sont-Debout s'immobilisent, eux aussi, observent la scène en silence. Puis, impuissants, repartent, menés par Crie-entre-ses-Doigts.

La meute reste groupée là où leur congénère est tombé dans la rivière. Les marcheurs finissent par les perdre de vue.

Vers le soir enfin, ils parviennent à un endroit où l'étroite vallée encaissée s'élargit, et où des cascades descendent des hauteurs en jets irisés par les rayons obliques du soleil déjà bas sur l'horizon invisible.

Dans le bassin au pied d'une grande cascade, tapissé d'algues et environné de fougères, à l'écart du courant encore vif qui file dans le défilé, Ceux-qui-Sont-Debout trouvent quelques poissons et des écrevisses. Ils repèrent même tout près un recoin sec et abrité où passer la nuit.

Tandis que dans la lumière qui décline ils barrent avec de grosses pierres et des branchages tassés la bouche du bassin afin que les poissons ne puissent pas s'échapper vers la rivière, ils voient arriver la meute des eucyons, qui s'est décidée à les suivre.

La pêche est facile dans la petite cuvette rocheuse. De leurs mains lestes ceux du Peuple-des-Pierres projettent hors de l'eau des proies brillantes qu'ils assomment à coups de cailloux. Les eucyons qui ne mangent du poisson que lorsqu'ils sont affamés, attendent impatiemment.

Ceux-qui-Sont-Debout ont du mal à garder leurs prises hors de portée de la meute, qui se presse, tourne et gronde sourdement. Ce n'est qu'en leur abandonnant les plus petits poissons immédiatement qu'ils parviennent à vider les autres, à séparer les filets en les coupant délicatement, et à se partager leur repas. Les eucyons, qui se sont disputés le fretin abandonné par Ceux-qui-Sont-Debout, et l'ont englouti rapidement, reviennent à la charge. Les viscères des poissons, jetés dans les rochers, les occupent à nouveau. Pendant ce temps les voyageurs décortiquent les quelques grosses écrevisses capturées entre les pierres.

Vers le pays du miel

Les jours suivants les marcheurs progressent plus aisément, car la rivière, qui s'écoule sur un plateau vallonné, traverse des forêts claires et humides où il est facile de trouver de quoi manger. Ils vont y ramasser des champignons, des escargots, des larves, déterrer des racines et cueillir des fruits.

Au cours d'une de leurs collectes de nourriture, non loin de la rivière, ils rencontrent un jour une bande de parapapios attroupés autour d'une carcasse d'hipparion encore fraîche, abandonnée par un fauve. L'hipparion est couché sur le flanc, éventré, sa crinière encore raide et les naseaux ensanglantés pleins de mouches. Une patte brisée montre un sabot cassé, tordu à un angle insolite. Autour, les singes cynocéphales s'affairent. Un grand mâle au museau bleu bordé de rouge éclatant, aux grandes canines apparentes, écarte des femelles à l'arrière-train boursoufflé de rouge pour s'approprier les meilleurs morceaux.

Ceux-qui-Sont-Debout craignent les parapapios pour leur férocité, mais la carcasse est tentante.

Les eucyons patrouillent déjà autour des singes, qui maintenant font face et aboient presque comme eux, dans des grandes démonstrations d'intimidation.

Ceux-qui-Sont-Debout s'éloignent alors vers un monticule rocheux pour y chercher des pierres. Puis, leurs précieux Galets-qui-Tranchent entre les dents pour ne pas les perdre, et en restant à une distance suffisante pour pouvoir anticiper une charge des grands mâles parapapios, ils envoient une volée drue de projectiles. Ils lapident le grand mâle, qui est leur cible principale. Atteint à la tête par une lourde pierre projetée par Pieds-Rapides, il roule sur le flanc. Une seconde volée de projectiles lui fracasse le crâne. Les cris des singes redoublent, d'autres mâles s'avancent, exhibent leurs canines, effectuent des simulacres de charge. Les eucyons aboient férocement, et d'autres parapapios tombent sous les cailloux.

Tandis que la meute empêche les cynocéphales de s'éparpiller ou de poursuivre les chasseurs, ceux-ci retournent chercher des projectiles.

Lapidés à nouveau, les parapapios finissent par abandonner la carcasse, et s'enfuient en hurlant, groupés autour des femelles et des petits. Les mâles indemnes ferment la colonne, et se retournant de temps en temps pour montrer leurs canines.

C'est alors la curée. Ceux-qui-Sont-Debout et la meute des eucyons sont sur la carcasse de l'hipparion. Il ne reste plus les meilleures pièces, mais assez de viande toutefois pour rassasier les chasseurs. Il faut faire vite, car d'autres charognards sont là, perchés dans les arbres, qui étendent par moment leurs ailes immenses et tendent leur cou déplumé dans des signes d'impatience.

Bientôt viendront les hyènes. Il sera difficile de les maintenir à distance.

Ceux-qui-Sont-Debout, dès qu'ils sont rassasiés, découpent avec leurs Galets-qui-Tranchent des lambeaux de viande qu'ils raclent sur les os de l'hipparion. Puis, en trainant derrière eux les dépouilles pantelantes des parapapios abattus, ils retournent vers la sécurité de la rivière, où ils peuvent se réfugier si des carnivores cherchent à leur disputer leurs proies.

Les parapapios tués sont consommés dès le lendemain. Ce qu'il en reste grouille déjà de vers.

Les jours suivants les proies se font rares, et la route se traine. Ceux-qui-Sont-Debout renoncent à se laisser emporter par le courant, de peur de perdre la protection apportée par la meute des eucyons, qui eux, répugnent à se mouiller.

Bientôt ils arrivent au bord du grand plateau que fend la rivière. Devant eux, un peu en contrebas, s'étend un paysage de montagnes entre lesquelles ils entrevoient des lacs. Quelques sommets ressemblent, par leurs cratères, aux volcans du pays du Peuple-des-Pierres.

Les vieux qui ont fait le voyage vers les terres du Peuple-du-Sel racontent que ceux qui vivent dans les abris autour du premier lac rencontré collectent le miel des abeilles de la forêt, au risque de se faire cruellement piquer. Ils en raffolent et en donnent à leur enfants.

On raconte également qu'ils ramassent et sèchent des champignons qui, lorsqu'on les mange, vous emmènent dans un monde de rêves étranges. Parfois, ils en échangent contre des Galets-qui-Tranchent. Mais les précieux Champignons-du-Rêve sont rares, et réservés aux anciens, et aucun parmi les voyageurs n'en a encore goûté.

Le lendemain ils continuent à suivre la rivière qui descend vers les vallées du Peuple-du-Sel.

L'ambiance change subtilement, dans la proximité de la rencontre. Les voyageurs sont fatigués par le voyage, certains presque épuisés, leurs pieds sont meurtris, leurs membres las, et ils sont impatients d'arriver. Mais en même temps ils appréhendent la nouveauté, l'étrangeté de ces inconnus aux moeurs différentes des leurs.

Tout au long de cette dernière journée de voyage, la tension monte progressivement, et les marcheurs, imperceptiblement, ralentissent le pas.

Les eucyons, eux, restent en retrait. Ils hument le vent, s'arrêtent puis repartent, comme s'ils hésitaient. Puis, enfin, comme à regret, regardent les voyageurs s'éloigner. Ils ont senti la présence d'une horde de Ceux-qui-Sont-Debout qu'ils ne connaissent pas. Des effluves étrangères. Comme une meute rivale.

Lorsque le soleil commence à mordre la cime des arbres, ils arrivent à un petit lac, guère plus vaste qu'un étang, encaissé entre des collines. En continuant vers l'aval, ils abordent un autre lac plus grand, flanqué d'un petit volcan du côté de la main habile. Il est entouré de montagnes, à l'exception de son autre extrémité qui se déverse au loin dans une rivière, qu'ils ont du mal à distinguer, dans la lumière qui baisse déjà.

Guidés par Pieds-Rapides, ils longent le lac jusqu'à un sentier sur la pente du volcan. Dans le crépuscule, ils distinguent des ouvertures de grottes, comme des yeux noirs sur le rocher, et entendent des voix, des rires, toute la rumeur d'une horde rassemblée.

Là, ils hésitent. La peur de l'inconnu se mêle au soulagement d'être arrivés. Les marcheurs se concertent, et les regards finissent par converger vers Pieds-Rapides. Mais c'est Boule-Cheveux, la première, qui se décide à s'approcher des étrangers.

La peau de singe contenant les Galets-qui-Tranchent sur l'épaule, elle avance résolument. Ils la suivent alors, tous derrière elle en file indienne, et parcourent le dernier tronçon de chemin qui monte entre les buissons.

En face d'eux, devant un grand abri, une horde est rassemblée. Il sont de tous âges, assis, accroupis, certains debout. Ils tiennent des pierres et des bâtons, qu'ils déposent lorsqu'ils s'aperçoivent que ceux du Peuple-des-Pierres ne sont pas agressifs. Les voici face à face, indécis. Le soleil dans le dos des visiteurs éclaire d'une lumière dorée les visages, en face d'eux, de ceux du Peuple-du-Sel. Ils sont petits, leurs cheveux sont plats ou ondulés, ils ont de grands nez busqués et la peau très noire.

Quelques-uns maintenant sourient, et ils sourient en retour. La première, encore, Boule-Cheveux s'avance vers le vieillard qui vient d'apparaître, soutenu par une jeune femelle.

Parmi ceux amassés devant l'abri, des paroles s'échangent, que les voyageurs ne comprennent pas.

Boule-Cheveux prend la parole dans son langage, dit qu'ils sont venus de très loin, du pays des volcans, de leurs lacs et de leurs grottes, qu'ils sont fatigués, qu'ils apportent des Galets-qui-Tranchent.

L'ancien, enfin, après un long regard, lui répond des mots que ceux du Peuple-des-Pierres comprennent. Qu'ils sont les bienvenus. Qu'il y a à manger en quantité. Qu'ils dormiront ici.

Un frisson de soulagement et de bien-être parcourt les marcheurs, qui se mêlent à leurs hôtes. On se frôle, on se touche, on s'observe.

Il y a, à profusion, des poissons, des noix, des fruits.

Et il y a la sécurité d'un abri. On s'y entasse, on s'y serre, et un lourd sommeil les prend, tandis que le croissant de la lune monte au-dessus des arbres.

Les Fruits-qui-Font-Rire

Avant même que le soleil n'ait pu émerger de derrière la montagne, alors que la lumière encore pauvre gagne la vallée, les voyageurs sont réveillés par des clameurs. Une grande agitation en-dehors les arrache de leur torpeur, et Guetteuse-d'Etoiles, Crie-entre-ses-Doigts, et Boule-Cheveux sortent de l'abri pour voir ce qui se passe.

Sur le petit terre-plein, plusieurs mâles du Peuple-du-Sel sont groupés, en position de défense, des cailloux au poing, prêts à agir. Ils intiment aux femelles de regagner la sécurité de la grotte.

Devant eux, sur la pente, circulant entre des buissons, toute une meute d'eucyons vont et viennent, jappent, aboient.

Les défenseurs crient pour les effrayer, menacent de lancer des projectiles, s'inquiètent, se concertent.

Un grand eucyon gris s'avance, et Guetteuse-d'Etoiles comprend. Croc-Brisé et sa meute sont venus les rejoindre. Immédiatement elle essaie d'apaiser ceux du Peuple-du-Sel et, à leur complète stupéfaction, elle s'avance à découvert vers la meute. Les aboiements s'interrompent. Les bêtes s'assoient sur leur arrière-train, ou se couchent, et Celle-qui-Marche-Debout s'avance au milieu d'eux. Le grand eucyon gris dont une canine est brisée vient se frotter contre ses jambes, furtivement, puis il s'écarte.

Ceux du Peuple-des-Pierres qui sont sortis des abris et ont vu la scène s'avancent maintenant, se mêlent aux petits canidés, tout en jetant des regards rassurants aux défenseurs des abris, qui, l'un après l'autre, une impression de surprise marquée sur leur visage, se détendent et déposent les pierres.

Le Peuple-du-Sel est émerveillé : Ceux qui fournissent les Galets-qui-Tranchent ont fait alliance avec les eucyons ! Ce n'est donc pas une légende, les récits des voyageurs de retour des volcans de Ceux-des-Pierres sont vrais.

Cherche-Miel, qui est le plus influent de ceux du Lac-du-Haut, et le plus hardi, s'avance alors vers les animaux. Il est très tendu, mais ne veut pas montrer sa crainte, ni perdre la face. Si l'un de ceux du Peuple-du-Sel doit oser, il faut que ce soit lui.

Lorsqu'il arrive à portée de Guetteuse-d'Etoiles, celle-ci lui tend la main, qu'il saisit, machinalement, en gardant ses yeux rivés sur le grand eucyon tout près. Puis il prend conscience de la main tiède enlacée dans la sienne, et lève les yeux vers le regard de la belle femelle inconnue. Il y lit un encouragement. Encore un pas, et le grand mâle gris vient vers lui, et tandis que Cherche-Miel se raidit, il lui renifle longuement l'entre-jambe.

Alors, réalisant la vulnérabilité de son ventre et de son sexe exposés aux dents acérées de l'eucyon, mais sentant les regards sur lui, il pose sa main libre, délicatement, un peu tremblante, sur la fourrure de l'animal, qui se couche à ses pieds. Il entend alors derrière lui, devant la grotte, les murmures des hordes réunies, et sa poitrine se gonfle de fierté. Son prestige s'est renforcé, son courage est reconnu.

Peu après, le calme revenu, les eucyons circulent parmi tous ceux réunis, les reniflent, avant de s'éloigner.

Les deux hordes sont maintenant mêlées, on essaie de communiquer, on se regarde, on se sourit. L'essentiel passe par le très riche langage des postures, des mimiques et des gestes expressifs qu'ils partagent.

Mais soudain un bruit énorme retentit, profond, tout près, qui est répercuté par les montagnes. Là, sous l'avancée de roche à l'entrée du grand abri, un de ceux du Peuple-du-Sel, à toute volée, frappe avec un gourdin le grand tronc d'arbre creux couché sur le sol, qui, dès leur arrivée, avait intrigué les voyageurs.

Les coups redoublés du batteur sur l'instrument produisent un son caverneux et puissant dont la réverbération sur la paroi rocheuse est presque insupportable. Pourtant, ceux qui vivent là n'y prêtent presque aucune attention. Lorsque les coups s'interrompent, ils vient leurs hôtes tendre l'oreille. Dans le lointain, d'autres coups répondent. Des sourires s'échangent alors. Ils vont avoir de la visite.

En effet, un peu plus tard, d'autres du Peuple-du-Sel arrivent le long du lac et montent vers les grottes. Ce sont ceux du Lac-des-Sources voisin, alertés par le Tambour-de-Bois.

Leur surprise passée, les nouveaux venus eux aussi se montrent très curieux et examinent les voyageurs, les dévisagent, les détaillent. Des mains s'avancent, touchent. Les tentatives d'échanges sont tout d'abord infructueuses, car la langue de ceux d'ici diffère notablement de celle des visiteurs, mais, au fil des interactions, la compréhension vient, les objets désignés sont nommés, les noms essayés, répétés, prononcés.

Ceux du Peuple-des-Pierres, guidés par leurs hôtes, visitent alors la vallée entre les montagnes, les rivages du Lac-du-Haut et ceux du Lac-des-Sources, les pentes du petit volcan, la forêt.

Cherche-Miel ne quitte plus Guetteuse-d'Etoiles d'un pas. Depuis l'épisode des eucyons, il la dévore du regard. Elle a tout d'abord agi comme si elle ne s'en apercevait pas, tout en le surveillant du coin de l'oeil.

L'ancien, que le Peuple-du-Sel appelle le Bègue, qui parle la langue des visiteurs, reste de longs moments à converser avec Boule-Cheveux et Pieds-Rapides, et quelques autres qui restent près de la grotte tandis que leurs compagnons se dispersent dans la forêt et dans l'eau du lac pour collecter de quoi manger.

Le Bègue s'enquiert de la raison de cette visite si nombreuse, que le simple échange de sel contre des obsidiennes ne suffit pas à expliquer. Pieds-Rapide, qui parle, lui, quelques mots de la langue du Peuple-du-Sel, raconte les éruptions, la nuée ardente sur le Lac-du-Promontoire, la coulée de lave dans le Lac-aux-Méduses. Il raconte la destruction des grottes de la Montagne-qui-Gronde, les compagnons disparus, les abris surpeuplés et les lacs morts. Le Peuple-des-Pierres cherche de nouveaux lacs, de nouveaux abris, il a besoin de l'alliance du Peuple-du-Sel. Il apporte les obsidiennes, il propose des alliances entre les femelles et les mâles des deux hordes. Tandis qu'ils parlent, à grands renforts de gestes et de grimaces, ceux qui comprennent traduisent à l'intention des autres.

Le Bègue écoute, hoche sa vieille tête, et enfin reprend la parole. De sa voix lente et chevrotante, mais posée, il dit qu'il lui faut se concerter avec ses frères des Lacs-des-Collines, non loin en aval, connaître l'avis d'Un-Oeil, le vétéran qui vit au Lac-de-la-Tourbière.

Demain, oui, demain, ils descendront la rivière pour rencontrer leurs frères. Ceux du Peuple-des-Pierres les accompagneront.

Lorsque le soleil baisse vers l'horizon, au-dessus du lac, les ramasseurs reviennent, les bras chargés de branches portant des fruits, ainsi que de champignons enveloppés dans de grandes feuilles vertes. Du lac remontent des jeunes mâles avec entre leurs dents de grands poissons flasques et encore dégoulinants. Certains portent dans une écorce détaché d'un arbre mort des écrevisses encore vivantes et des grenouilles écrasées sous un caillou.

L'ambiance est étrange, comme dans l'anticipation d'un événement. Les regards de ceux du Peuple-du-Sel se portent périodiquement vers l'extrémité du lac, là où la forêt descend jusqu'à la berge, et où Cherche-Miel, accompagné d'une adolescente nommée Court-Abeille, a disparu dans les fourrés quelques moments plus tôt.

Soudain des cris : Court-Abeille jaillit à l'orée du bois, se précipitant à toutes jambes, comme si elle était poursuivie par un dinofelis affamé … droit vers le lac, à l'endroit où la rive est abrupte. Elle s'y précipite et nage frénétiquement avant de plonger et de poursuivre sous l'eau, pour n'émerger à nouveau que lorsque sa poitrine est douloureuse. La nuée d'abeille qui l'a suivie jusqu'au lac tourbillonne au-dessus de la grève. Court-Abeille tient à bout de bras un grand rayon de miel dérobé à une ruche, encore couvert de butineuses, qui envahissent maintenant sa chevelure et son visage. Lorsque, plus loin, elle reprend pied sur les cailloux de la berge, elle est encore couverte d'insectes furieux qu'elle n'a pas réussi à noyer. Cherche-Miel qui l'accompagnait et lui a enseigné la récolte du miel est là, il prend le relais, il écarte les abeilles avec un bouchon d'herbes sèches, et aide la jeune femelle à remonter vers l'abri. Lorsqu'elle y arrive, son cou est déjà tuméfié, ainsi que ses bras. Le rayon de miel, que Cherche-Miel a débarrassé des insectes qui y adhèrent encore, est promptement partagé.

Ceux du Peuple-des-Pierres, à qui leurs hôtes, les yeux rieurs, tendent des petits amas d'alvéoles dégoulinant de miel, goûtent, se lèchent voluptueusement les doigts, en redemandent.

Cherche-Miel s'avance vers Guetteuse-d'Etoiles, un beau morceau de rayon sur ses mains tendues, l'invitant du regard à se servir. Après un coup d'oeil autour d'elle, elle accepte et bientôt son nez retroussé est luisant de miel.

Court-Abeille, dont c'est la première récolte, reste seule, le dos appuyé à la paroi fraîche, les yeux fermés, la peau en feu, dans l'indifférence totale.

Ils sont nombreux à aller boire au petit torrent qui descend vers le lac, et les femelles remontent les joues gonflées d'eau claire pour désaltérer le Bègue, qui épargne ses vieilles jambes arthritiques. Elles crachent l'eau dans sa bouche, et chaque fois, en remerciement, il leur tapote l'épaule.

La nourriture amoncelée est alors partagée. Dans les rires et les bavardages, ils mangent goulument, brisent les coques, déchirent les petits poissons, éventrent les plus gros, se chamaillent pour un bon morceau.

Les agapes rapprochent les visiteurs de leurs hôtes, on se mélange, on essaie de se comprendre, avec force gesticulations.

Cherche-Miel s'est installé aux côtés de Guetteuse-d'Etoiles. En connaisseur, il lui sélectionne les meilleurs morceaux. Ses mains s'égarent sur son dos, ses bras, ses mamelles.

Non loin, Pieds-Rapides courtise Longs-Cils, qui ne se montre pas indifférente, et ce sous le regard déjà brûlant de jalousie de Crie-Coquillage.

Le soleil est maintenant au ras des montagnes et empourpre l'horizon au-dessus du lac, et son reflet dans l'eau. En bas quelques échassiers appellent encore, ainsi que les crapauds dont le croassement va se prolonger tard dans la nuit.

Longs-Cils ignore Crie-Coquillage, qui n'y tient plus. Il faut qu'il attire son attention, montre qu'il est là, qu'il est important. Il s'éloigne vers le haut de la pente, vers les caches entre les rochers. Le voilà de retour. Il reste dans l'ombre, observe.

Puis résonne, à la fois très doux et très sonore, le chant profond de la conque qu'il a rapportée de la mer.

L'effet qu'il attendait ne manque pas : tous les regards se tournent vers lui, et ceux du Peuple-des-Pierres, la mâchoire pendante et la bouche pleine, les yeux écarquillés, le regardent faire de son mieux, pousser des beuglements et des sons stridents, se tourner d'un côté puis de l'autre pour être bien vu de tous.

Pieds-Rapides, subjugué lui aussi, a lâché Longs-Cils. Il est là, les bras ballants, les joues gonflées par la bouchée qu'il a oublié d'avaler. Crie-Coquillage croit lire de l'admiration dans les yeux de Longs-Cils.

Bientôt las de se donner en spectacle, il s'assoit de l'autre côté de la femelle convoitée et prélève, avec un regard appuyé à Pieds-Rapides, délibérément, devant son rival, le poisson que celui-ci s'était réservé.

Tous regardent, dans un silence gêné. Puis, peu à peu, les rires reprennent et tous terminent leur repas.

La nuit est pratiquement tombée, la lune est encore invisible, mais la lumière reste encore suffisante pour que Cherche-Miel, en hôte prévenant, parte vers sa cachette, accompagné de deux autres mâles, et en revienne avec de grandes feuilles sur lesquelles sont étalés des fruits écrasés. L'odeur de jus fermenté des Fruits-qui-Font-Rire se répand tandis que les plus âgés, les premiers, écopent de leurs mains la pulpe alcoolisée et la gobent goulument.

Bientôt Guetteuse-d'Etoiles, que Cherche-Miel est allé rejoindre, s'esclaffe bruyamment, parle fort, rit à gorge déployée, rote copieusement.

Tout près, Crie-Coquillage, les yeux déjà vitreux, enlace Longs-Cils qui le laisse faire.

Pieds-Rapides est invisible, il s'est éloigné, comme avalé par la nuit.

Lorsque la lune apparait de derrière les nuages, le besoin de sommeil se fait sentir et ils tentent de s'entasser dans les abris, trop exigus pour les contenir confortablement tous. Beaucoup s'éparpillent alors dans les environs, pour dormir sous une avancée de roche, dans les fourrés.

Les crapauds se sont enfin tus, et seuls les ronflements, les pets sonores, quelques murmures et les toussotements des dormeurs entassés rompent le silence.

Jusqu'à ce que des voix s'élèvent, une dispute. Violente.

Longs-Cils, exaspérée, jaillit de l'abri dans la clarté de la lune qui monte sur l'horizon, et disparait dans la nuit en grommelant. On n'entend plus que la voix braillarde et empâtée de Crie-Coquillage qui tente de la faire revenir. Sous les protestations de ceux que l'algarade a réveillés, il finit par se taire.

Les Vers-qui-Guérissent

Le petit matin est difficile, et des deux hordes, ceux entassés dans les abris et ceux disséminés dans les environs, certains simplement affalés dans un recoin du rocher, se réveillent la tête lourde et l'esprit confus. Seuls les enfants, qui ne comprennent pas l'apathie des grands, jouent déjà bruyamment avec des cailloux et des bâtons, courent, s'agitent, sous le regard hébété de leurs mères.

On ne voit les eucyons nulle part, ils ont du partir en chasse pour leur propre compte.

Dans un recoin du grand abri, Court-Abeille, la peau tuméfiée par les piqûres qu'elle a endurées la veille, gémit misérablement. Son cou, ses joues, ses épaules, ses bras sont mouchetés de pustules rouges.

Les autres femelles se rassemblent autour d'elle, et l'entraînent, presque en la portant, jusqu'au bord du lac pour la laver à l'eau fraîche.

Cherche-Miel, la main dans la main de Guetteuse-d'Etoiles, vient s'enquérir de l'état de son apprentie. Les femelles lèvent vers lui des regards vaguement accusateurs, qui le font s'éloigner en haussant ses épaules.

Longs-Cils finit par apparaître d'on ne sait où, suivie, de loin, par Pieds-Rapides, qui essaie de se faire discret, reste en retrait. Elle s'approche et examine Court-Abeille d'un air préoccupé.

Longs-Cils, qui a été initiée par Soigne-Plantes, la guérisseuse du Grand-Lac, remonte alors vers le petit lac, tout près, en amont du Lac-du-Haut, que les voyageurs ont longé en arrivant. Elle reste absente quelques temps puis revient en courant et s'accroupit au milieu de celles qui l'attendaient. Sur sa peau, ses jambes, ses bras, de petites sangsues noires sont cramponnées. Les femelles les décollent délicatement en glissant un ongle, qu'elle insinuent entre la peau et la ventouse de l'animal. Les Vers-qui-Guérissent qui n'ont pas eu le temps de se rassasier du sang de Longs-Cils, sont ensuite appliqués un à un sur la peau boursoufflée de Court-Abeille, et s'y accrochent.

Après quelques temps celle-ci se détend, s'allonge, respire plus calmement. Des regards s'échangent, les compagnes sont rassurées. Au coucher du soleil elles retireront les sangsues qui ne se seront pas détachées d'elles-mêmes. Dans un jour ou deux, tout sera revenu à la normale.

Le soleil est déjà assez haut lorsque enfin quelques-uns parmi ceux du Peuple-du-Sel se décident à partir vers les Lacs-des-Collines, avec certains des voyageurs du Peuple-des-Pierres. Ils emporteront un sac de peau de singe contenant des Galets-qui-Tranchent.

Pieds-Rapides décide de rester au Lac-des-Sources avec Longs-Cils.

Cherche-Miel qui est ravi de pouvoir s'éloigner un temps de Court-Abeille et des vieilles femelles de son abri, accompagne Guetteuse-d'Etoiles.

Crie-entre-ses-Doigts et Boule-Cheveux feront le voyage. Grands-Yeux, qui suit la belle femelle partout, déclare qu'il sera de la partie.

Le Bègue, malgré son grand âge, décide lui aussi d'aller avec eux. Les adultes les plus robustes se relaieront pour le porter.

Quant à Crie-Coquillage, il restera à bouder au Lac-des-Sources.

L'expédition longe les lacs et s'engage dans la petite vallée où coule la rivière. Ils avancent rapidement, poussés par le Bègue qui s'impatiente.

Dès la fin du jour suivant, ils arrivent sans encombre à proximité du Petit-Lac, enchâssé entre les collines.

Les eucyons les ont rattrapés peu avant, ils patrouillent devant et derrière les marcheurs, vont et viennent. Une femelle suivie par ses petits trottine même parmi eux.

Il ne sont pas encore sur la berge que déjà résonne le grand Tambour-de-Bois des abris du Petit-Lac : Cherche-Miel qui est parti en courant devant eux est déjà arrivé et a annoncé leur venue.

Avant même qu'ils ne gravissent la petite pente qui mène aux abris, les tambours des deux autres lacs répondent. Le Peuple-du-Sel tout entier sait qu'il se passe quelque chose d'exceptionnel. Bientôt ils seront rassemblés et sauront la venue de ceux du Peuple-des-Pierres.

Le conseil des anciens

Dans les jours qui suivent, ceux des Lacs-des-Collines font visiter leur vallée aux nouveaux arrivants, qui élisent temporairement domicile dans l'abri de la cascade, sur une hauteur, un peu en aval de la sortie du Lac-de-la-Tourbière, là où il se déverse dans la rivière qui s'écoule en direction de la mer lointaine.

C'est pour tous un temps d'intense apprentissage, où les uns et les autres découvrent des techniques qui leur sont inconnues, des méthodes de pêche autres, des remèdes nouveaux.

La barrière de la langue est progressivement surmontée, et à grand renfort de gestes et d'onomatopées, mais non sans malentendus cocasses, les deux peuples apprennent à se connaître.

Des liens se tissent, des couples se forment. Cherche-Miel et Guetteuse-d'Etoiles ne se quittent plus. Parfois, lorsqu'ils s'écartent du groupe entassé dans la grotte trop exigüe et vont passer la nuit sous un petit surplomb, plus haut sur la pente, Marche-Loin et Fleurs-Cheveux les rejoignent. Ils reviennent lorsque le soleil est déjà haut au-dessus des arbres, enlacés tous les quatre.

L'exotisme des nouveaux venus, leur sveltesse, leur petit nez, leurs cheveux crépus excitent la convoitise de ceux des collines.

Pendant le jour, les deux hordes vont nager dans les lacs, et pêcher.

Ceux du Peuple-des-Pierres apprennent comment, avec des brassées de branchages emmêlés, délimiter un corral dans lequel à grand renfort de cris et d'éclaboussures, on peut repousser les gros poissons pour ensuite plus facilement, dans l'eau peu profondes du bord du lac, les saisir et les assommer.

En retour ils apprennent à ceux du Peuple-du-Sel comment briser le plus efficacement les précieux galets d'obsidienne sans les éclater en morceaux inutilisables.

Les eucyons qui inspiraient tant de craintes quelques jours plus tôt sont maintenant acceptés, et les mères parmi Ceux-qui-Sont-Debout, sans plus d'appréhensions, laissent leurs enfants s'en approcher.

Quelques jours seulement après leur arrivée, d'autres en provenance du Lac-des-Sources les rejoignent, et parmi eux Crie-Coquillage. Devant lui, Longs-Cils et Pieds-Rapides n'hésitent plus à montrer leur attachement, enlacés, main dans la main au vu et au su de tous, et c'est presque avec un sourire moqueur que ce dernier nargue Crie-Coquillage.

Devant le grand nombre de Ceux-qui-Sont-Debout rassemblés, et toutes les bouches à nourrir, ceux du Peuple-des-Pierres proposent à leurs hôtes une chasse plus loin, sur le plateau, là où la forêt est clairsemée et où paissent des troupeaux d'herbivores.

Ils veulent montrer à ceux du Peuple-du-Sel leurs techniques de chasse, et leur collaboration avec les eucyons. Pieds-Rapides et Crie-entre-ses-Doigts expliquent qu'ils veulent rabattre un troupeau vers l'immense tourbière qui borde le lac, comme ils le font là-bas dans leur vallée.

Ceux du Peuple-du-Sel, sans même avoir à se concerter, rejettent tous le projet d'un bloc. Non, ils n'iront pas dans la tourbière !

Les explications sont laborieuses, les palabres longues.

Les chasseurs du Peuple-des-Pierres finissent par comprendre qu'il s'agit d'un endroit proscrit. Parmi ceux qui ont l'imprudence d'y pénétrer, nombreux sont ceux qui tombent malades de la Fièvre-Lune: Tape-le-Bois dit que ceux qui en sont atteints sont pris d'une grande fièvre. S'ils survivent, le mal revient à chaque lune pour disparaître à nouveau ensuite.

Ceux qui sont frappés de cette maladie sont à chaque fois très faibles et très vulnérables, mais parfois ils y survivent longtemps.

Tape-le-Bois, lui-même, est de ceux-ci. Il sait que la Fièvre-Lune va bientôt le reprendre. Il ne veut pas que ceux du Peuple-des-Pierres s'exposent eux aussi à la malaria qui le terrasse, lui, à chaque lune décroissante.

Des regards consternés s'échangent, mais les chasseurs ne se découragent pas pour autant: ils acculeront plutôt leur gibier au lac, et éviteront la Grande Tourbière.

Ainsi est décidé, et la chasse est fructueuse. Les eucyons y démontrent leur habileté et contribuent à repousser un troupeau de parmularius jusqu'à la rive du Lac-de-la-Tourbière. Les grandes antilopes, dans leur fuite, se jettent à l'eau. Plusieurs d'entre elles sont alors prises d'assaut, dès qu'elles n'ont plus pied, par les habiles nageurs du Peuple-des-Pierres. Ils parviennent à en tailler deux, très profondément, au cou, avec leurs Galets-qui-Tranchent, puis à s'en éloigner vivement pour ne pas prendre de coup de corne ou de sabot.

Ils les laissent ensuite saigner à mort dans l'eau du lac, dans les remous rouges de leur agonie.

Lorsque les animaux sont enfin inertes, ils les poussent tout en nageant vigoureusement jusqu'à la rive opposée, en-dessous des abris, et les halent sur la grève.

Ils remontent alors vers les grottes chargés de lanières de viande rouge découpées sur les carcasses des antilopes. Les Galets-qui-Tranchent ont démontré l'incontestable supériorité de leur tranchant sur celui de simples cailloux brisés. Les carcasses, que Ceux-qui-Sont-Debout n'ont pas dépouillées complètement de leur chair, sont laissées aux eucyons, qui ont contourné le lac d'une seule traite. Ils se hâtent, tournoient, jappent et dévorent, avant que les charognards ne se fassent trop pressants.

Ce soir-là les Tambours-de-Bois sonnent pour célébrer le succès de la chasse.

Rassemblés au bord du Lac-de-la-Tourbière, ils festoient de viande, de fruits mûrs, de noix et de racines.

Tard ce soir-là, lorsque tous sont repus et que certains somnolent déjà, des Champignons-du-Rêve circulent de main en main.

Grands-Yeux, qui en a mâché plus que de raison, dodeline de la tête, les yeux écarquillés dans le noir, en marmonnant des choses que ses compagnons ne comprennent pas.

Crie-Coquillage, lui aussi, a consommé des Champignons-du-Rêve, mais ils ne provoquent pas la douce somnolence qui enveloppe son compagnon. L'agitation qui l'a pris à la vue de Longs-Cils minaudant des les bras de Pieds-Rapides, lorsque ce dernier est revenu triomphant de la chasse aux antilopes qu'il a organisée, se mue en rage.

Lorsque Pieds-Rapides, muni d'un Galet-qui-Tranche, descend au clair de lune vers ce qui reste des carcasses des parmularius abandonnées sur la rive du lac, dans l'espoir d'y trouver encore un peu de viande laissée par les charognards, Crie-Coquillage le suit d'un pas incertain.

Ceux des abris qui sont encore lucides entendent en contrebas des éclats de voix, des cris, une violente altercation. Puis, abruptement, plus rien que le croassement des grenouilles du lac.

Un peu plus tard, Pieds-Rapides remonte, à pas lents, seul.

Au matin, ce que les eucyons ont laissé de Crie-Coquillage n'est plus qu'une carcasse vide de plus, à la cage thoracique béante, déjà pleine de mouches.

Toute le matinée, Pieds-Rapides guette le regard des autres. Il attend une accusation, une colère, une vengeance. Rien ne vient.

Lorsque le soleil arrive au plus haut, la horde récupère le crâne de Crie-Coquillage, qui sera exposé sur la corniche, au soleil, loin des abris, jusqu'à ce qu'il soit vide et blanc. Il rejoindra alors ceux d'autres morts de la horde, dans une niche de la petite caverne plus haut dans la montagne.

Plus tard dans la journée, les anciens, Un-Oeil, Le Bègue, la vieille femelle qu'ils appellent Garde-Noix et quelques autres s'isolent à l'écart des abris. Ils invitent ceux du Peuple-des-Pierres à participer à leurs palabres. Devant la gravité de leur mine, seuls Pieds-Rapides et Guetteuse-d'Etoiles ont l'aplomb d'aller les rejoindre.

C'est Garde-Noix qui prend la première la parole, en qualité de première-née de l'assistance. Les autres ignorent de combien elle est plus vieille qu'eux. Ils se souviennent toutefois que lorsqu'ils étaient encore enfant, elle a mise au monde un enfant qui n'a pas vécu moins d'une lune.

Garde-Noix est toute fripée, tassée, chenue. Sa peau très noire, profondément crevassée, contraste avec ses cheveux très blancs, rares sur le sommet de son crâne, mais qui lui tombent jusqu'à la taille. Ses mamelles toutes desséchées pendent comme des poissons morts, mais ses yeux sont étonnamment vifs, mobiles et inquisiteurs.

Elle scrute avec intensité, tour à tour, les deux représentants des visiteurs venus des volcans, et ses yeux se posent tout d'abord sur Pieds-Rapides. En quelques mots simples, elle dit que Crie-Coquillage est parti.

Que Longs-Cils ne veut pas, contrairement à d'autres femelles, s'accoupler avec plusieurs mâles. Et qu'elle a choisi Pieds-Rapides, qui est un bon chasseur.

Et que les anciens disent que c'est maintenant Pieds-Rapides qui jouera de la grande conque.

Puis, comme pour couper court et signifier que l'affaire est close, Garde-Noix regarde résolument Guetteuse-d'Etoiles, qui, intimidée par l'intensité de l'ancienne, baisse la tête.

Le Peuple-du-Sel, dit la vieille, vit dans ces vallées depuis un temps qu'ils ne savent pas évaluer, mais la mère de la mère de sa mère était déjà là. Ils ont connu des tremblements de terre, l'invasion de fauves.

La horde est toujours là.

La savane où il vont chasser parfois, a séché et a reverdi de nombreuses fois, elle a même été mangée par la bête rouge et douloureuse qui fait des nuages qui font tousser.

La horde est toujours là.

La horde a été frappée par le mal qui fait brûler et suer, et les petits enfants sont morts.

La horde est toujours là.

Depuis qu'elle se souvient, Garde-Noix a vu des voyageurs partir vers la mer. Certains ne sont jamais revenus. D'autres ont rapporté des trésors de sel, qui donne du goût aux poissons fades, aux racines tristes, aux herbes austères.

Depuis qu'elle se souvient, Garde-Noix a vu certains des siens aller vers ceux du Peuple-des-Pierres pour troquer du sel contre des obsidiennes. Elle a vu certains du Peuple-des-Pierres venir chercher du sel.

Maintenant elle est vieille. C'est la première fois que le Peuple-des-Pierre demande à partager les vallées, les lacs, les rivières du Peuple-du-Sel.

Mais ils sont trop nombreux. Il mangent trop de poissons, de fruits, de noix. Plus que les vallées ne peuvent donner.

Qu'offrent-ils en échange? Des Galets-qui-Tranchent. Des alliances, du sang neuf.

Mais ils ne pourront pas tous vivre ici.

Lorsqu'elle en a fini, sa diatribe terminée, Garde-Noix appuie son dos bossu contre la paroi de pierre, baisse le regard, attend.

Pieds-Rapides, qui a tenté de traduire en chuchotant pour Guetteuse-d'Etoiles les mots qu'elle ne comprenait pas, la regarde maintenant dans l'expectative.

Après un silence, Guetteuse-d'Etoiles tente de répondre aux anciens dont les regards convergent sur elle. Elle est hésitante, et Pieds-Rapides, encore, vient à son secours quand les mots manquent.

Guetteuse-d'Etoiles dit que le Peuple-des-Pierres est devenu trop nombreux pour les abris qui lui restent, après la destruction par les volcans du Lac-aux-Méduses et du Lac-du-Promontoire.

Elle dit que le Peuple-des-Pierres cherche de nouveaux lacs, et qu'une expédition est partie explorer les Montagnes-Inconnues, du côté où le soleil se lève.

Elle dit que le Peuple-des-Pierres connait des choses que le Peuple-du-Sel ne connait pas. Et que de même le Peuple-du-Sel connait des choses que le Peuple-des-Pierres ne connait pas.

Que les mâles du Peuple-du-Sel sont beaux aux yeux des femelles du Peuple-des-Pierres, et qu'il en est de même pour les mâles du Peuple-des-Pierres pour les femelles du Peuple-du-Sel.

Elle dit que ceux du Peuple-des-Pierres venus jusqu'ici invitent le Peuple-du-Sel à visiter les vallées des volcans. A chercher avec eux de nouveaux lacs.

Qu'ensemble, ils sont plus forts, et peuvent conquérir de nouveaux territoires.

Ceux du Peuple-du-Sel écoutent gravement. Les vieux se regardent, hochent la tête.

Ils vont y réfléchir. Il va leur falloir quelques jours.

Pieds-Rapides et Guetteuse-d'Etoiles échangent un regard, puis incertains, pensifs, se relèvent lentement avant de s'éloigner. Doivent-ils espérer ?

Cherche-Poissons

Bien avant le lever du soleil, le lendemain, l'agitation est à son comble dans le plus petit des abris sur le talus, au-dessus du lac. Cherche-Poissons, dont le gros ventre distendu entrave les déplacements depuis plusieurs lunes, a senti monter des contractions qui lui ont périodiquement noué les entrailles.

Puis, plus tard, elle a soudain trempé ses cuisses et sa couche de fougères desséchées, et s'est mise à gémir au milieu des dormeurs, qui se sont réveillés un à un.

La voilà maintenant entourée de Soigne-Plantes, Longues-Mains et Jolies-Fesses, qui l'entrainent hors de l'abri et l'aident à descendre vers le lac. Au-dessus d'elles, une magnifique pleine lune baigne la grève d'une lumière douce et froide. Un peu plus loin, dans un fracas d'éclaboussures et de roseaux froissés, un animal qu'elles ne voient pas regagne précipitamment l'eau. Plus loin, au-dessus du lac, comme des ombres sur le fond du ciel étoilé, des chauves-souris passent et repassent.

Elle est accroupie, dans l'eau jusqu'aux mamelles, soutenue, encouragée par les autres femelles à chaque poussée.

Et bientôt, son enfant apparait entre ses jambes, petite chose fripée mais dodue, noire et maculée de sécrétions blanchâtres, accrochée au serpent pâle du cordon que Soigne-Plantes, d'une morsure énergique, sectionne.

Longues-Mains élève le nouveau-né au-dessus de l'eau, et le présente à la lune. Il pousse son premier cri, avant de trouver refuge dans les bras de sa mère. Ses petits doigts s'ouvrent et se ferment, et finissent par trouver la chevelure noire de celle qui va prendre soin de lui.

Les trois femelles regagnent lentement le bord, dégoulinantes d'eau, le petit posé sur l'épaule de Cherche-Poissons, qui traine encore entre ses jambes le cordon ombilical sectionné.

Un peu plus tard, sur la grève, tandis que l'enfant passe entre les mains expertes et attentionnées des autres femelles, qui le lèchent et le dorlotent, Cherche-Poissons expulse le placenta, que Soigne-Plantes recueille dans ses mains en coupe avant qu'il ne tombe sur le sol et soit souillé.

Les trois femelles groupées autour de Cherche-Poissons insistent ensuite pour que la jeune mère le mange. Avec un peu de dégoût et beaucoup de résignation, elle mastique alors la masse molle.

Le matin flamboie maintenant d'un soleil de lave qui émerge de derrière les collines et dore la surface du lac. L'ombre des collines portée sur la grève régresse doucement, révélant en pleine lumière le groupe de femelles et le nouveau-né.

Plus haut, à l'entrée de l'abri, Tape-le-Bois, le mâle que Cherche-Poissons affectionne, debout très droit, les bas croisés, observe tout cela en silence, écoute les cris de l'enfant.

Il finit par tourner les talons, et l'instant d'après, les derniers dormeurs sont réveillés par les coups sonores et profonds du gourdin noueux sur l'immense tronc creux couché sous le surplomb rocheux à l'entrée de la grotte.

L'alliance

Les anciens se sont à nouveau rassemblés, en grand secret. Il ont ensuite envoyé des émissaires vers les Lacs-des-Montagnes.

Un soir, les Tambours-de-Bois ayant tonné tout le jour, tous Ceux-qui-Sont-Debout capables de venir se sont rassemblés sur la pente en contrebas des abris du Grand-Lac. Ceux du Peuple-des-Pierres, qui d'ordinaire se mêlent à leurs hôtes, occupent la partie la plus basse, plus près de l'eau.

Là, en haut, trônent Un-Oeil, Garde-Noix, Le Bègue, et quelques autres parmi les plus sages et les plus écoutés.

C'est Garde-Noix qui prend la parole, et tous font silence, car dans le bruit du vent sur le versant de la colline, sa vieille voix s'entend à peine.

Ses mots sont lents et elle les ponctue de gestes amples que tous peuvent voir.

Elle dit que ceux du Peuple-des-Pierres qui sont venus de leurs lacs entre les volcans ont apporté des Galets-qui-Tranchent et l'alliance avec les eucyons. Ils ont apporté de la joie et du plaisir car ils sont beaux et attrayants. Ils connaissent des Plantes-qui-Guérissent que ceux du Peuple-du-Sel ne connaissent pas.

Ceux du Peuple-du-Sel quant à eux leur ont appris les Tambours-de-Bois et les conques, et ils détiennent les Champignons-du-Rêves, et ils savent où chercher le sel.

Elle annonce alors sobrement que les anciens et tout le Peuple-du-Sel réuni trouvent un bénéfice à faire alliance avec ceux du Peuple-des-Pierres venus de leurs lacs entre les volcans.

Elle ajoute cependant que les lacs des collines ne sont pas assez vastes ni assez riches pour nourrir les deux peuples réunis, et que les abris de ceux du Peuple-du-Sel sont trop exigus pour accueillir tous ceux qui viendraient des volcans.

Garde-Noix déclare alors, au nom des anciens, qu'une expédition nombreuse va partir vers les volcans, pour annoncer l'alliance à ceux restés là-bas. Pour apporter du sel, des forces nouvelles, de l'espoir, et surtout pour rechercher, vers ce que ceux du Peuple-des-Pierres appellent les Montagnes-Inconnues, de nouveaux lacs poissonneux et de nouveaux abris.

Quelques-uns parmi ceux qui sont venus des volcans sont invités à rester ici, et certains parmi ceux d'ici seront du voyage.

Lorsque Garde-Noix en a terminé, elle se retourne et remonte vers l'abri, appuyée sur Fleurs-Cheveux, suivie par les autres anciens.

Dans le fracas du Tambour-de-Bois que Tape-le-Bois cogne énergiquement, tous parlent maintenant bruyamment, rient, se congratulent, gesticulent. Ceux du Peuple-des-Pierres, soulagés, remontent vers leurs hôtes, on s'enlace, on se tapote les épaules. Des couples s'éloignent vers les fourrés.

Quelques jours s'écoulent alors, durant lesquels les débats vont bon train pour décider qui restera, qui partira.

Bien sûr, les anciens ne pourront pas faire le périlleux voyage, ni les femelles dont la grossesse est avancée, comme Peau-Grêlée ou Joue-Fendue, ni celles qui allaitent un nourrisson comme Cherche-Poissons.

Court-Abeille décide de rester, elle sera la pourvoyeuse de miel pour la communauté, alors que Cherche-Miel veut suivre Guetteuse-d'Etoiles qui souhaite revenir vers les volcans.

Longs-Cils suivra Pieds-Rapides qui est maintenant le détenteur de la conque de Crie-Coquillage.

Soigne-Plantes, Fleurs-Cheveux, Jolies-Fesses, Marche-Loin, Grands-Yeux seront du voyage, ainsi que Crie-entre-ses-Doigts et Boule-Cheveux.

Tape-le-Bois, silencieux, erre sur la grève du lac, morose. Lui aussi aurait voulu découvrir les volcans. Mais il sent déjà monter la prochaine crise de malaria qui va le terrasser. Il sera pendant quelques jours misérable et suant, grelottant au fond de l'abri, sous la surveillance des anciennes. Il ne peut pas partir.

Ceux du Peuple-des-Pierres qui repartent remportent certains des Galets-qui-Tranchent qu'ils avaient transportés dans un sac de peau, car ils vont en avoir besoin durant le trajet de retour. Les voyageurs prendront également avec eux un sac de sel tassé dans des coquillages et des coquilles d'escargot. Et Pieds-Rapides ne se sépare pas de la grande conque rapportée de la côte par Crie-Coquillage. Les plus petites conques resteront dans le grand abri du Lac-de-la-Tourbière sous la garde des anciens.

Les eucyons accompagnent Ceux-qui-Sont-Debout pour une dernière chasse avant le départ.

La meute sent confusément que quelque chose se prépare. Les eucyons qui avaient l'habitude de s'écarter fréquemment pendant plusieurs jours avant de reparaître, restent constamment près des lacs.

Ils ont élu domicile dans des tanières, dans les fourrés sur la pente de la colline opposée aux grottes. Des femelles grosses ont mis bas des portées de plusieurs petits. Elles viennent marauder des restes de poissons et des charognes que Ceux-qui-Sont-Debout abandonnent à l'écart des abris, qu'elles transportent dans leur gueule.

L'effervescence est à son comble le soir qui précède le départ. Sous la lune à nouveau pleine, les convives partagent la chair du gibier rapporté par les chasseurs. La réserve de Fruit-qui-Font-Rire qui fermentait dans la cachette sur un lit de grandes feuilles est épuisée, tandis que les Champignons-du-Rêve circulent.

Au matin, le réveil est difficile, et ce n'est que lorsque le soleil est presque au zénith que la compagnie descend sur la rive pour remonter vers les Lacs des Montagnes et plus loin, beaucoup plus loin, le pays des volcans. Ceux qui restent sont amassés devant les grottes, à l'exception de Tape-le-Bois qui est prostré au fond de l'abri, déjà fiévreux.

Les habitants des lacs des montagnes accompagneront les voyageurs jusqu'au Lac-du-Haut et leur feront leurs adieux là-bas.

Alors qu'ils s'éloignent le long de la grève vers le Grand-Lac, le grand Tambour-de-Bois martelé par Court-Abeille alerte la vallée, et devant eux, plus loin, celui du Grand-Lac lui répond déjà.

Les eucyons tournoient, hésitent, jappent, vont et viennent sur le rivage. Lorsque la troupe de Ceux-qui-Sont-Debout disparait, quelques mâles reviennent aux tanières en jetant des regards obliques derrière eux, vers les jeunes femelles qui ont récemment mis bas. Ils ne quitteront pas Ceux-qui-Sont-Debout qui restent dans les abris.

Mais Croc-Brisé, accompagné de quelques femelles vigoureuses et quelques adolescents, file sur la berge à la suite des voyageurs.

Les marcheurs font une courte halte au Lac-des-Sources où le Bègue leur confie, les yeux brillants de malice, des tubes creux de gros roseaux bien secs, bouchés avec de la mousse recouverte de glaise. A l'intérieur, il a glissé des morceaux racornis de Champignons-du-Rêve.

Un peu plus loin, au Lac-du-Haut, Court-Abeille leur apporte un beau rayon de miel qui est aussitôt partagé entre les marcheurs.

Le lendemain, le grand voyage débute.

Les explorateurs

Longues-Jambes et Oeil-Bleu ont beaucoup marché, beaucoup couru. Ils ont traversé les montagnes du côté où le soleil se lève. Ils ont parcouru des vallées. Souvent, ils ont du revenir sur leurs pas lorsqu'en remontant un torrent ils arrivaient à des sources sans jamais rencontrer de lac sur leur route.

Ils ont mangé des écrevisses pêchées dans les mares en retrait du courant, ramassé des escargots, lapidé des rats, grimpé les figuiers pour en cueillir les fruits.

Ils sont allés dans les montagnes, plus haut, là où il fait plus frais et où la végétation est plus verte. Ils ont suivi l'eau claire des ruisseaux, découvert de petites tourbières dans les creux des vallons.

Ils ont échappé aux dangers du voyage. Un jour, ils ont dû sauter du haut d'une cascade dans le bassin en contrebas pour échapper aux griffes d'un dinofelis.

Ils ont été chassés par une bande du Peuple-de-la-Forêt, qui grimpent dans les arbres, qui marchent à quatre pattes lorsqu'ils sont au sol, et se nourrissent de fruits et de plantes. Un grand mâle velu au pelage blanc sur le dos leur a barré le passage, dressé sur ses pattes de derrière, tambourinant formidablement sur sa poitrine couverte de poils noirs.

Longues-Jambes et Oeil-Bleu se sont sentis chétifs et se sont détournés. Ils ont du faire un large détour avant de pouvoir retrouver le cours du torrent qu'ils remontaient.

C'est alors qu'ils commençaient à perdre confiance, qu'ils abordent un bassin entre les fougères, d'où part le torrent qui serpente vers l'aval. Une haute cascade s'y écrase dans un vacarme de cataractes, réverbéré par les versants alentours. Tout en haut, au-dessus de l'endroit d'où se précipite le torrent, ils ne voient que du ciel bleu.

Le découragement les fait s'arrêter longuement et débattre de la marche à suivre, puis, comme un dernier effort avant de renoncer, ils entreprennent de grimper dans les rochers et les éboulis jusqu'au sommet de la chute d'eau.

Lorsqu'un après l'autre, trempés et épuisés, ils se rétablissent sur le seuil glissant qu'enjambe le torrent avant de tomber en contrebas, ils aperçoivent devant eux, tout près, une grande vallée entre les montagnes. Dans un cirque sensiblement conique, au milieu, miroite un grand lac sombre dans un écrin de forêt. Tout autour s'élèvent les sommets de volcans éteints aux roches noires, d'où descendent les chutes d'eau écumeuses qui alimentent le lac.

Ils sont restés longtemps en extase, assis sur un tronc couché, au bord de l'eau. Sur les rives, s'étendent des roselières grouillantes d'oiseaux et de batraciens. Sûrement, des poissons à profusion.

Longues-Jambes et Oeil-Bleu ont passé la nuit sous une avancée de roche, avant de partir, le matin, faire le tour du lac en quête de cavernes, d'abris accueillants, de refuges possibles.

Le jour est déjà bien entamé et ils ont progressé dans les éboulis, les ronciers, les taillis lorsque plus haut, à mi-hauteur d'une pente raide, des alvéoles dans le rocher les invitent à l'exploration. Une petite corniche les mène jusqu'à un ensemble de plusieurs abris ouverts vers le lac, dans la direction du soleil couchant. Dans la grande salle du plus profond, des grappes de chauves-souris sont pendues à la voûte.

Un peu plus haut, vers le sommet qui se dresse au-dessus du lac, la roche est noire et nue et des facettes brisées renvoient les rayons du soleil. Les explorateurs intrigués gravissent la pente accidentée. Des blocs ont dévalé depuis le cratère béant qu'on devine plus haut, brisant sur leur passage des rochers saillants, dégageant des arêtes vives. Oeil-Bleu, en cherchant à tâtons une prise dans un passage étroit où la roche glisse, se blesse le doigt. Stupéfait, il regarde, les yeux écarquillés, le sang rouge qui s'écoule de la peau profondément fendue sur sa paume. Longues-Jambes s'est arrêté, lui aussi. Leurs regards se croisent, et… ils poussent un cri de triomphe. Des Galets-qui-Tranchent ! Ils ont trouvé des Galets-qui-Tranchent ! Il y en a plein la montagne, tout près des abris qu'ils viennent de découvrir !

Ce soir-là, ils se gavent de grenouilles capturées dans le lac, et de champignons comestibles trouvés dans la forêt.

A la fin du jour, ils restent longtemps côte à côte, assis devant la grotte, à regarder l'embrasement du couchant au-dessus de la crête du côté opposé du lac, les trainées rouges sur les nuages effilochés, les oiseaux qui survolent l'eau en faisant de brusques écarts pour gober un insecte.

Lorsque l'obscurité est complète, et que le mince croissant de lune s'est couché lui aussi, les buissons autour d'eux s'allument doucement d'une multitudes de points blancs : Longues-Jambes et Oeil-Bleu restent longtemps à contempler la féérie immobile des Insectes-Etoiles.

Quand enfin ils sentent la somnolence les gagner, ils vont dormir dans l'abri, sur le matelas de feuillage qu'ils avaient préparés.

Le lendemain, ils explorent les environs, furètent, et vont ramasser des obsidiennes parmi les cailloux éparpillés dans les broussailles.

Ils parviennent ensuite à abattre à coups de pierres un échassier entrevu dans la roselière au bord du lac, et le dépècent pour en utiliser la peau. Ils vont s'en servir pour transporter les quelques Galets-qui-Tranchent qu'ils ont glanés.

Ils reprennent alors leur exploration. Un peu plus tard, en bouclant le tour du lac, ils découvrent un grand surplomb de roche presque au ras de l'eau. Des ossements blanchâtres et effrités leur indiquent que c'était le repaire d'un carnassier, mais que l'endroit n'est plus habité depuis longtemps.

Ils peuvent revenir vers le Lac-Immense avec la bonne nouvelle. Un lac inhabité par Ceux-qui-Sont-Debout est niché dans la montagne, il est riche d'animaux à manger et de plantes savoureuses, et les Galets-qui-Tranchent y sont abondants.

Le retour vers leur horde est plus rapide, ils n'errent plus comme à l'aller. Ils sont portés par l'enthousiasme de leur découverte. Ils connaissent le chemin. Ils se souviennent des endroits qu'ils ont traversés, retrouvent les meilleures passes, et parfois, même, lorsque la petite rivière est suffisamment large et calme, ils peuvent marcher dans l'eau comme ils affectionnent.

Ils arrivent par la rivière qui se jette dans le Lac-des-Méduses, puis qui emprunte la vallée qui sépare la Montagne-Crépuscule du Promontoire.

Tout d'abord, le paysage leur parait familier. Ensuite, peu à peu, au fur et à mesure qu'ils s'approchent du lac, les changements se font plus évidents. Le niveau de l'eau a beaucoup changé. Il est remonté dans le petit vallon, noyant la roselière où passait la rivière à son arrivée au lac.

Tout n'est que destruction, désolation.

Les arbres qui bordaient la rive sont maintenant submergés, et le petit chenal qui reliait le Lac-aux-Méduses au Lac-du-promontoire a disparu. Les deux lacs n'en forment plus qu'un, qui occupe tout le fond de la vallée. Du côté de la ravine qui descend de la Montagne-Crépuscule, l'immense coulée de lave a refroidi. Elle comble complètement le ravin et emplit toute une partie du lac. Sur ses bords, les végétaux calcinés ont été lavés par les pluies et le sol est désolé et nu. De l'autre côté de la vallée, dans ce qui était naguère le Lac-du-Promontoire, un amoncellement de cendres, de scories et de ponces bloque l'écoulement du lac, qui s'échappe sur les côtés pour rejoindre le vallon en aval.

Les poissons tués par les éruptions ont disparu, et il en reste une fange putride où repoussent déjà des tiges de roseau entre lesquelles quelques flèches d'argent frétillent.

Oeil-Bleu et Longues-Jambes traversent le lac en son point le plus étroit, au pied de la Montagne-qui-Gronde, en laissant le champ de cendres et de ponces du côté de leur main habile.

Ils remontent ensuite le ruisseau qui descend de la Trouée. De l'autre côté, ils s'arrêtent un moment, et contemplent la vue du Lac-

Immense, le cap du Rocher et l'Ile-Refuge, et plus loin, estompée par une légère brume, la rive opposée qui ouvre sur la savane.

Rien ne bouge. Aucun cri, aucun bruit ne provient des abris au-dessus de la rive. Les deux compagnons se regardent un moment, leur front plissé d'inquiétude.

Puis une urgence, une fébrilité les gagne.

Lorsqu'ils dévalent jusqu'au lac, le sac de peau qui bringuebale sur l'épaule de Longues-Jambes perd quelques obsidiennes, mais dans leur hâte, ils n'y prêtent pas attention. Ils longent la rive boisée, arrivent à la petite crique que domine le Rocher.

Ils appellent, mais personne ne leur répond. Appellent encore. Finalement, tout en-haut, sur le parvis de l'abri le plus haut, une silhouette se dresse, un bras s'agite. C'est Main-qui-Guérit.

La résurrection des lacs

Longues-Jambes, le plus rapide, parvient le premier à la petite grotte dans la paroi. Ceux qui sont là ne sont plus qu'une poignée. Ils sont maigres. Ils ont les joues creuses, les cheveux ternes, les yeux tristes.

En réponse à l'interrogation muette d'Oeil-Bleu et de Longues-Jambes, Main-qui-Guérit raconte qu'après le départ de ceux qui sont allés vers les terres du Peuple-du-Sel, le mal s'est abattu ici, sur les habitants restés au Lac-Immense. Il n'a épargné aucun de ceux qui avaient fui les lacs des volcans lors des éruptions. Les anciens, Tête-Nue, Sans-Dents, Mamelles-Sèches sont morts les premiers, suivis par les petits enfants. Mange-Poux a perdu son nourrisson, et d'autres encore ont été emportés par une fièvre intense, des vomissements, des diarrhées.

Les charognards ont dévoré les cadavres précipités du haut de la falaise, depuis les abris du Rocher et ceux de l'Ile-Refuge. Les hyènes ont rôdé longtemps, et les survivants ne se sont aventurés jusqu'au lac qu'avec précaution.

Longues-Jambes qui s'était approché des silhouettes maigres, se recule craintivement, mais Cherche-Manger le rassure : le mal s'est arrêté depuis presque une lune.

Oeil-Bleu raconte, à grands gestes, leur voyage, la découverte d'un lac accueillant, d'abris confortables et vacants, la promesse de ressources abondantes. Un pauvre sourire monte alors sur les lèvres des survivants. La vie va reprendre et des mâles vigoureux sont revenus.

Après avoir visité les abris sur l'Ile-Refuge, et y avoir découvert quelques convalescents amaigris, Longues-Jambes et Oeil-Bleu se mettent en quête de nourriture. Ils remontent aux grottes avant le coucher du soleil avec des grenouilles, des figues et quelques poissons.

L'arrivée des deux voyageurs insuffle une vie nouvelle aux rescapés de l'épidémie.

La vie s'organise les jours suivants. La horde décimée reprend une vie presque normale, en attendant tous ceux partis vers les lacs du Peuple-du-Sel. Le nombre restreint de bouches à nourrir fait qu'à nouveau, les poissons, les oiseaux et les batraciens prolifèrent, et les fruits ont le temps de mûrir avant d'être cueillis.

Malgré leurs craintes, Longues-Jambes et Oeil-Bleu ne tombent pas malades. Le mal est écarté, leur répète sans relâche Cherche-Manger.

La cueillette est bonne, les oiseaux ont pondu dans la roselière et les oeufs frais volés dans les nids sont délicieux. La petite communauté reprend doucement goût à la vie, et le soir, dans les abris, on entend à nouveau les rires et les soupirs des copulations, les taquineries et les jeux des corps enlacés.

Ceux-qui-Sont-Debout vont de temps en temps voir le lac sinistré de l'autre côté de la Trouée. La vie, là aussi, reprend, mais très lentement : La végétation regagne les espaces brûlés, et, dans l'eau redevenue claire, quelques poissons amenés par la rivière frétillent à nouveau.

Le repeuplement

Moins d'une lune après le retour de Longues-Jambes et d'Oeil-Bleu, un jour de pluie, ceux qui étaient partis vers les lacs du Peuple-du-Sel arrivent au débouché de la rivière qui quitte le Lac-Immense pour s'engouffrer dans le défilé. Avec eux, les silhouettes plus trapues de ceux du Peuple-du-Sel qui les accompagnent.

La longue marche a encore resserré les liens qui se sont tissés entre les deux peuples pendant le séjour des voyageurs au bord du Lac-de-la-Tourbière et du Grand-Lac. Les conversations sont devenues plus fluides, chacun empruntant des mots au langage de l'autre, dans une espèce de créole maladroit.

Des couples, des amitiés se sont formés, et les adultes dominants ont su éviter les heurts et les luttes de pouvoir, dans une solidarité rendue nécessaire par les dangers de la route, l'hostilité des bêtes qui dévorent, la fatigue du voyage.

Ils voient devant eux, sous un ciel bas et gris, la vaste surface du lac, et, émergeant de la grisaille, l'Ile-Refuge et le Rocher.

Les voilà arrivés, il leur reste à longer le lac pour aborder le cap rocheux sur lequel les grottes accueillantes abritent ceux qui sont restés.

Les eucyons qui les ont suivis, Croc-Brisé et quelques autres, ont déjà reconnu la vallée qui leur est si familière et ont filé vers le lac.

Une impatience mêlée de crainte gagne ceux du Peuple-du-Sel qui ne sont jamais venus. La main de Cherche-Miel se serre autour de celle de Guetteuse-d'Etoiles qui lui décrit les lieux, nomme l'Ile, le Rocher, la forêt, et, tout là-bas, la tourbière et l'anse où vivent les archeopotamus.

Pieds-Rapides, la grande conque calée sur une épaule, un bras enserrant la taille de Longs-Cils, marche en tête.

Ils suivent la rive jusqu'à la crique. Lorsqu'ils sont encore sous le couvert des arbres, avant d'aborder le sentier qui monte vers les grottes du Rocher, Crie-entre-ses-Doigts siffle de toutes ses forces pour avertir les occupants des abris. Amusé et interpelé, Pieds-Rapides embouche la grande conque et lance un barrissement sonore. Lorsqu'ils arrivent à découvert, en vue des ouvertures béantes des cavernes plus haut, ils en voient les habitants tous réunis sur la corniche.

Ceux qui étaient dans les abris de l'Ile-Refuge, un peu plus loin dans le lac, ont entendu l'appel. On entend leurs cris et l'on peut distinguer des bras qui s'agitent.

Les voilà bientôt tous réunis au pied du rocher. Ceux qui ont traversé précipitamment le petit bras d'eau qui isole l'île sont là eux aussi. Ils dégoulinent encore d'eau. Les effusions sont passionnées avec ceux du Peuple-des-Pierres. L'accueil réservé aux inconnus trapus aux grands nez est plus distant, mais la familiarité acquise entre les voyageurs balaie bientôt toutes les appréhensions.

Les regards des nouveaux arrivants cherchent Tête-Nue, Sans-Dents, Mamelles-Sèches, qui devraient être dans les abris. Et tant d'autres, qui auraient dû être là, qui sont peut-être quelque part à ramasser des champignons ou à pêcher des grenouilles.

Mais non, apprennent-ils, ils sont tous morts, emportés par la fièvre. Disparus. Les quelques survivants ont été trouvés par Oeil-Bleu et Longues-Jambes, déjà revenus de leur exploration du côté des Montagnes-Inconnues, où ils ont trouvé un lac merveilleux et des Galets-qui-Tranchent.

Ils apprennent que depuis, la vie a repris. Que les lacs détruits par les volcans commencent à revivre.

Dans le brouhaha, les conversations se croisent. On se serre, on se regarde. On arpente la grève. Ceux du Peuple-du-Sel sont sollicités de tous côtés, ils ne savent plus où poser le regard, il y a tant à voir.

Vers le soir l'effervescence tombe. Les plus las se retrouvent dans le grand bassin de pierres sombres des sources chaudes, sur la pente qui, de la Montagne-Crépuscule, descend vers le Rocher et le Lac-Immense. A demi immergés dans l'eau fumante et bouillonnante, ils se frictionnent avec des poignées d'herbe, se lavent les cheveux, se frottent mutuellement, sans distinction entre ceux qui sont nés tout près et ceux qui viennent des lacs lointains. Là, dans le bruit doux et rassurant de l'eau qui coule et la proximité des corps, une intimité et une solidarité se nouent. Des mains s'égarent, des sourires s'échangent.

Les moins fatigués se dispersent autour du lac à la recherche de nourriture. De caches dans les fentes de la paroi sortent des noix et quelques fruits desséchés et bientôt, dès le retour de tous les baigneurs, ils sont tous rassemblés sur le Rocher, face à l'horizon plus clair où le soleil environné de bandes de nuages ne va par tarder à plonger.

Les poissons rapportés par les pêcheurs sont éventrés et vidés, et, d'une main experte, Cherche-Manger, à l'aide d'un Galet-qui-Tranche, en lève les filets qu'elle distribue aux convives. Un sac de sel est entrouvert, et une coquille pleine de cristaux gris circule.

Longues-Jambes et Oeil-Bleu racontent leur voyage du côté où le soleil se lève. Les montagnes fraîches et les torrents, les volcans noirs et le grand lac rond entre les montagnes. Les grottes qui dominent le lac, les roselières pleines d'oiseaux, les poissons. Le gisement d'obsidiennes plus haut vers les sommets. Ils disent que le lieu est accueillant et riche, et qu'il y a de la place et à manger pour Ceux-qui-Sont-Debout.

Tous les écoutent. Ceux des collines, qui ne maîtrisent pas encore le langage d'ici, demandent des précisions, des explications, qui leur sont patiemment données.

Ils parlent peu des morts, des disparus, des victimes de la fièvre. Chacun porte son deuil, mais les mots leur manquent, et il faut vivre.

Lorsque l'obscurité s'épaissit, ceux qui ne peuvent pas trouver place dans les abris du Rocher, trop exigus pour accueillir tout le monde, se répartissent dans les grottes toutes proches de la côte ou bien nagent jusqu'à l'Ile-Refuge.

Tous, écrasés par la fatigue, les émotions, le deuil de ceux qui sont morts de la fièvre, sombrent dans un lourd sommeil dont ils n'émergent que tard le lendemain, quand le soleil est déjà haut dans un ciel débarrassé des nuages de la veille.

Les jours qui suivent sont consacrés à la visite des abris situés de l'autre côté de la Trouée, autour de la vallée sinistrée par les éruptions. Ceux-qui-Sont-Debout s'aventurent à traverser la coulée de lave, maintenant refroidie, qui barre la pente de la Montagne-Crépuscule, du cratère jusqu'au lac. De part et d'autre de la ravine maintenant comblée, entre les troncs calcinés, des pousses vertes percent la couche de cendres et de boues agglutinées par les pluies.

Dans les abris désertés sur le flanc de la Montagne-Crépuscule, rien n'a bougé, les matelas d'herbe sont toujours là, ainsi que les cailloux à lancer amoncelés près de l'entrée, une précaution contre l'attaque de prédateurs, maintenant tellement illusoire. Dans les cachettes, Pieds-Rapides, Oeil-Bleu et Boule-Cheveux retrouvent quelques Galets-qui-Tranchent oubliés. Dans l'autre abri, tout à côté, lorsqu'ils s'approchent du recoin où Ceux-qui-Sont-Debout entreposaient leurs provisions de noix, des rats s'éparpillent, s'affolent, cherchent une issue. Plusieurs, fracassés sous les projectiles, leur serviront de déjeuner.

Crie-entre-ses-Doigts et Pieds-Rapides, accompagnés de Marche-Loin, Fleurs-Cheveux et Cherche-Miel, remontent jusqu'au sommet. Au-delà de la lèvre du cratère, le lac de lave, gris et irrégulier, comme grumeleux sous le grand soleil, exhale une odeur piquante qui les fait tousser. Des exhalaisons âcres montent de la cuvette, qui rayonne une chaleur torride. Pas un animal, pas une plante. Ils ne s'attardent pas, et les yeux larmoyants, rebroussent chemin. La colère du volcan est apaisée, mais il n'est pas mort.

Toute la petite troupe descend vers le lac, et traverse la rivière qui s'y jette, en direction du Promontoire.

A l'approche du point d'observation, où elle a passé tant de nuits à observer le ciel, à guetter les signes des étoiles, Guetteuse-d'Etoiles se fait de plus en plus hésitante. Elle reste à la traîne, réticente.

Cherche-Miel, qui la tient par la main et dont elle ne se sépare plus, essaie de l'entraîner mais elle s'arrête, butée, comme si une interdiction était tombée, de revenir là où, un matin, elle a contemplé le cataclysme.

La pente du Promontoire est assez douce de ce côté-ci, et bientôt les grimpeurs, qui ont laissé Guetteuse-d'Etoiles en-bas, au bord de la rivière, atteignent le rocher où elle a passé tant de nuits à observer le ciel, à guetter les signes des étoiles. C'est ici qu'elle a la première fois découvert la comète qui a mis de nombreuses nuits à parcourir le ciel avant de disparaitre sous l'horizon.

Ils restent un moment à contempler le panorama, saisis par l'immensité de la vallée sous leurs yeux.

On y voit bien la cicatrice de la rivière de lave sur le flanc de la Montagne-Crépuscule, ainsi que l'immense trainée de cendres et de ponces qui du haut de la Montagne-qui-Gronde, s'est répandue jusque dans le lac. Les pluies et la végétation qui regagne du terrain en font une masse indistincte, sans arbres, moutonnée de gris. On devine la limite de l'eau, recouverte de Pierre-qui-Flottent sur plus de la moitié de sa surface.

Ils redescendent de l'autre côté, et retrouvent la grotte isolée où est morte Mange-Grenouilles, lorsque la Montagne-qui-Gronde est entrée en éruption.

Guetteuse-d'Etoiles, qui d'en-bas a suivi leur progression, les y rejoint.

Tout y est recouvert de cendres empoissées par l'humidité. Des rats et des charognards sont passés par là. La grotte est sale, malodorante.

Ils n'y pénètrent pas, comme pris de peur, et poursuivent la descente vers le lac.

Le champs de ponces et de cendres qu'ils ont observé depuis le promontoire s'avère être un amoncellement de roches instables, un dédale de blocs énormes et friables, entre lesquels le trop-plein du lac suinte vers le lit de la rivière en contrebas. Après quelques tentatives et une cheville tordue, ils renoncent à le traverser et remontent un peu sur la pente du promontoire pour contourner l'obstacle.

Ils traversent le lac là où il s'étrangle, à l'endroit où s'écoulait le petit tronçon de rivière qui reliait le Lac-aux-Méduses au Lac-du-Promontoire, maintenant noyé par la hausse du niveau de l'eau. Sur la pente du volcan, du côté de leur main habile, la longue trainée de roches couvre totalement la pente où jadis, dans des abris confortables, vivaient ceux du Lac-du-Promontoire. Ils gisent sous les décombres de leurs grottes, étouffés, asphyxiés, brûlés. La petite troupe, d'un commun accord, renonce à y monter.

Pendant le retour le long du lac vers la Trouée et le bien-être des abris du Lac-Immense, les conversations reprennent. Pieds-Rapides exprime tout haut ce que tous pensent : Seuls les abris sur la pente de la Montagne-Crépuscule sont utilisables et méritent d'être à nouveau occupés. Mais il faudra attendre que les dégâts causés par les éruptions s'estompent encore, que la végétation soit à nouveau en mesure de fournir en abondance des fruits et des racines, que le lac se repeuple en poissons et en batraciens, que les oiseaux regagnent les roselières qui repoussent.

En attendant, bien que la fièvre ait tué beaucoup de monde, les grottes du Rocher et de l'Ile-Refuge sont trop petites pour abriter durablement tous ceux qui vont vivre des ressources de la vallée du Lac-Immense.

Il va falloir trouver de nouveaux abris dans la vallée, ou bien migrer vers le lac qu'Oeil-Bleu et Longues-Jambes ont découvert plus haut dans la montagne, qu'ils ont déjà, plein d'espoir, nommé le Lac-des-Galets-qui-Tranchent.

Les nouveaux abris

Ceux du Peuple-du-Sel découvrent peu à peu un monde nouveau. Guidés par Oeil-Bleu et Jolies-Fesses, ils font le tour du Lac-Immense. Après avoir visité l'Ile-Refuge ils suivent la rive vers la Grande Tourbière, longeant la large anse où vivent les archeopotamus. Ceux du Peuple-des-Pierres racontent avec fierté comment ils ont chassé les énormes bêtes en les effrayant avec des blocs de Pierres-qui-Flottent qu'ils ont poussés en nageant. Comment les gros animaux se sont enlisés dans la tourbière et ont pu être abattus. Devant le sourire et les gloussements incrédules de Grands-Yeux, Oeil-Bleu s'énerve, gesticule, montre les blocs de ponces échoués entre les roseaux, en appelle au témoignage des autres chasseurs. Avant que la situation ne s'envenime, Marche-Loin empoigne Grands-Yeux par l'épaule et l'entraine.

Plus loin, à l'approche de la Grande Tourbière, ceux du Peuple-du-Sel hésitent. Ne risque-t-on pas la Fièvre-Lune en rôdant près de la tourbière? Devant les dénégations de ceux qui vivent ici depuis de longues générations, ils finissent par s'avancer, mais sans cacher leur appréhension.

La petite troupe contourne largement la tourbière, ce qui rassure les plus craintifs, et aborde la rive du lac opposée au abris. Là, dans les roselières marécageuses et les joncs, niche toute une faune d'oiseaux. Ceux-qui-Sont-Debout y viennent rarement collecter des oeufs, car les nids sont trop loin des abris et le transport des oeufs sans les casser est délicat.

En poursuivant ensuite le tour du lac, ils arrivent à la rive boisée et plus escarpée qui mène à la bouche du défilé. Là sur la pente, de grands rochers plats ont glissé depuis le sommet, jadis, lors d'un tremblement de terre. Ils sont couchés sur la pente, posés sur les affleurements de basalte de la rive.

Cherche-Miel les examine avec intensité. Il demande une halte, remonte un peu plus haut, en fait le tour, gratte le sol au pied de la roche.

Avec un grand sourire et les mots maladroits qu'il connait de la langue de ceux qui sont nés ici, il explique que d'où il vient, au bord des Lacs-des-Montagnes, il y a les mêmes rochers couchés sur les pentes. Les ancêtres des ancêtres de ceux du Lac-des-Sources, ont, il y a très longtemps, creusé dessous pour y créer des abris. Longs-Cils y est née. Elle a vu quand elle était enfant les anciens améliorer les abris, les agrandir en poussant avec des pierres plates la terre et les cailloux de dessous le plafond rocheux. Il faut de la patience, du temps. Ceux qui vivent maintenant ensemble au Lac-Immense sont nombreux et vigoureux et peuvent venir vivre ici. L'endroit est propice, la forêt tout près, la roselière aux oiseaux aisément accessible, le lac devant eux.

Son regard parcourt les visages, attend une approbation. Ceux du Peuple-du-Sel sont conquis, les premiers. Ils connaissent tous les abris sous les roches couchées, ils sont conscients aussi d'être la cause de la surpopulation des abris du Grand-Lac.

Un à un, devant la conviction de leurs nouveaux compagnons, ceux du Peuple-des-Pierres se détendent, approuvent, sourient.

C'est ainsi que durant la lune qui suit, les plus vigoureux parmi Ceux-qui-Sont-Debout s'attellent à la tâche ingrate de creuser un tunnel sous la plus grande des roches couchées, en grattant avec des bâtons et des cailloux. Ils en repoussent les débris, les pierres et la terre vers le lac, en formant ainsi une petit terrasse devant le rocher. Le travail est lent, leurs outils sont faibles et cassants, mais peu à peu, un espace se dégage, dans lequel ils peuvent se mouvoir. Le sol sous leurs pieds est caillouteux et sec, car l'eau qui ruisselle sur la pente est drainée par une petite ravine qui court vers le lac, parallèlement au rocher.

Ce sont ceux du Peuple-du-Sel qui sont les plus opiniâtres, et qui, imperceptiblement, insidieusement, considèrent que ce lieu est le leur, préférentiellement. Marche-Loin, Cherche-Miel et Grands-Yeux, sont tout particulièrement impliqués. Longs-Cils, qu'ils exhortent à les imiter, se mobilise elle aussi, suivie de Pieds-Rapides qui ne la quitte plus.

Finalement, après beaucoup de labeur, l'abri devient suffisamment spacieux pour qu'ils puissent s'y tenir debout. Il y a assez de place pour accueillir quelques-uns parmi ceux qui s'entassent dans les abris du Rocher. Il reste à l'approfondir, sans trop l'élargir pour ne pas saper le rocher et compromettre sa stabilité.

Tous ceux du Lac-Immense, lorsque l'avancement du chantier les convainc qu'il pouvait être mené à bien, viennent finalement prêter main-forte.

Des pierres plates sont trainées depuis la grève pour paver le sol et éviter trop de poussière et de la boue. Des brassées de fougères coupées avec un galet tranchant sont étalées à sécher au soleil, pour devenir les couches moelleuses des occupants.

Finalement, ils se rassemblent devant l'entrée du nouvel abri pour gratifier de tapes dans le dos Cherche-Miel, Marche-loin et Grands-Yeux. Eux restent là, très émus, sales et meurtris par toute la terre qu'ils ont grattée, poussée, portée. Ils oublient leurs égratignures, leurs hématomes, leurs ongles cassés. Un large sourire fend leur visage.

Au milieu de la fête, Fleurs-Cheveux vient les chercher, pour les entrainer sans explications vers la forêt, plus haut. Lorsqu'à force de cris et de suppliques, elle parvient à les faire venir, ils découvrent, couché sur un rocher, un gros arbre mort et sec. Le tronc brisé au niveau de la première fourche n'est pas fendu, mais les insectes l'ont évidé, et Fleurs-Cheveux leur montre que du bout des doigts elle peut dégager le bois vermoulu. Ils se regardent, sans tout de suite comprendre, puis en échangeant des bourrades, ils s'esclaffent bruyamment. Tandis que les deux mâles essaient d'ébranler le tronc, Fleurs-Cheveux descend chercher des Galets-qui-Tranchent.

Elle revient accompagnée de toute une bande de mâles excités, qui se mettent à découper le tronc pour le dégager de sa souche arrachée qui porte encore des moignons de racines. A l'aide de bâtons, ils en extraient l'intérieur friable, sans omettre de prélever et de déguster les vers dodus qui s'y tortillent.

Bientôt un tronc creux long comme deux de Ceux-qui-Sont-Debout couchés l'un derrière l'autre, proprement découpé à ses deux extrémités, est poussé et tiré pour le faire rouler sur la pente. Les buissons qui gênent sa course sont arrachés, et, en manoeuvrant la grande pièce de bois, Ceux-qui-Sont-Debout l'acheminent jusque devant le nouvel abri.

Les jours qui suivent, des enfants munis de galets tranchants se relaient pour se glisser dans le nouveau Tambour-de-Bois et en nettoyer l'intérieur en le grattant. Enfin, il trône à l'entrée de la grande roche couchée, posé sur deux pierres disposées là à cet effet, suffisamment près du rocher pour être protégé de la pluie par le surplomb de basalte.

Lorsque tombe le soir, après avoir glané de la nourriture et partagé les oeufs ramassés dans les roseaux, ils se retrouvent tous devant le nouvel abri.

Alors pour la première fois, solennellement, Cherche-Miel fait tonner sous un solide gourdin le premier Tambour-de-Bois de ceux du Lac-Immense.

Les petits enfants qui étaient venus tout près, poussés par la curiosité, fuient en hurlant, leurs mains sur leurs oreilles, et les eucyons, regroupés un peu plus loin, qui épiaient l'étrange rassemblement et attendaient des restes de nourriture, se mettent à hurler.

Cherche-Miel n'y prête aucune attention. Bientôt, prises par le rythme lent que Cherche-Miel martèle sur le grand fût de bois, les femelles rassemblées se balancent d'un pied sur l'autre, puis se donnent la main. Un instant après, Grands-Yeux ponctue à contre-temps en entrechoquant deux galets dans un claquement sec qui contraste avec la voix sonore du tambour.

Puis c'est au tour de Crie-entre-ses-Doigts de pousser un sifflement strident tous les deux temps, tandis que d'autres mâles frappent dans leurs mains.

Les femelles tanguent de plus en plus fort, et lorsque Pieds-Rapides exhibe à bout de bras la grande conque, puis en tire des sons profonds comme le cri des deinotheriums, les mâles se joignent à elles.

Seuls Longues-Jambes et Oeil-Bleu restent en retrait, observent.

Des morceaux desséchés de Champignons-du-Rêve donnés par le Bègue sont parcimonieusement distribués, et ceux qui ne chantonnent pas les mâchent longuement.

C'est comme une fête sauvage qui les met en transe, et ils dansent longtemps, tandis que s'allument les étoiles.

Puis, un à un, épuisés, ils s'interrompent. D'abord Crie-entre-ses-Doigts, puis Pieds-Rapides qui s'époumone dans sa conque, puis Cherche-Miel dont le gourdin, à force de frapper le tronc creux, s'est brisé.

Restent les plus jeunes femelles, Fleurs-Cheveux, Jolies-Fesses, Longs-Cils et d'autres encore, qui inlassablement se balancent, tandis que les mâles qui les convoitent, les yeux dans le vague, frappent des mains en psalmodiant bouche fermée, en choeur, comme une mélopée.

Ce n'est que lorsque la demi-lune qui éclairait doucement la plateforme devant la grotte disparait derrière l'horizon qu'ils tentent de s'entasser dans le fond de l'abri.

Mais la place manque. La nuit maintenant trop sombre les dissuade de retourner aux grottes du Rocher. Les femelles gestantes ou allaitantes et les enfants occupent donc le nouvel abri, serrés sur les couches de fougères odorantes apportées durant la journée, tandis que les plus valides parmi les adultes se regroupent au-dehors, assis les uns contre les autres, le dos à la roche. Bientôt ils somnolent, à l'exception de quelques-uns qui se retirent un peu plus loin. Alors seuls le bruit des oiseaux de nuit et les gémissements des couples enlacés dans les fourrés, à l'écart, rompent le silence.

L'oracle

Le matin les trouvent moroses et ankylosés. Il a plu avant l'aube, et l'inconfort de la nuit les rend irritables.

Certains partent sans un mot vers le Rocher ou traversent à la nage vers l'Ile-Refuge. D'autres se disputent pour un Galet-qui-Tranche ou un poisson mort.

Durant tout le jour, les discussions pour décider qui habitera le nouvel abri et qui restera dans les anciens s'enlisent dans des disputes de préséance.

Les nuits qui suivent montrent bien que le creusement sous le grand rocher a réduit dans les abris la promiscuité qu'ils avaient temporairement acceptée.

Ceux-qui-Sont-Debout restent toutefois trop nombreux : Ceux du Peuple-des-Pierres ne retrouvent pas le confort qu'ils ont connu avant les éruptions. Ceux du Peuple-du-Sel quant à eux regrettent leurs vastes grottes autour du Lac-de-la-Tourbière et du Grand-Lac.

Longues-Jambes et Oeil-Bleu, qui n'ont pas voulu participer au creusement de l'abri, paradent : Ils ont bien dit, eux, qu'ils avaient trouvé de superbes abris autour d'un beau lac vierge et poissonneux. Pourquoi Ceux-qui-Sont-Debout hésitent-ils à partir vers les montagnes?

Ici, les proies deviennent rares, les archeopotamus interdisent une grande partie du lac, et de l'autre côté de la Trouée, tout est dévasté !

Eux, Oeil-Bleu, Longues-Jambes, ont été désignés par les anciens pour rechercher de nouvelles terres, et ils sont revenus avec la promesse d'un lieu meilleur.

Eux, Oeil-Bleu, Longues-Jambes, vont partir pour le Lac-des-Galets-qui-Tranchent, et ils invitent les jeunes femelles à les suivre. Là-bas, le poisson est abondant, les grottes sont belles et sûres, les forêts donnent des fruits, des noix et des racines à profusion, et il n'est pas nécessaire de partir au loin pour ramasser les Galets-qui-Tranchent.

Là-bas, aussi, les Insectes-Etoiles parsèment les buissons la nuit, et les lianes portent des grandes fleurs rouges.

Leur harangue provoque des remous parmi Ceux-qui-Sont-Debout. Des discussions véhémentes, des gesticulations.

Les plus grands partisans du départ sont ceux du Peuple-du-Sel, qui, bien qu'un nouvel exode les éloigne encore davantage de leur terre natale, y trouvent la solution de la surpopulation dont ils pensent être responsables.

Quelques-uns demandent conseil, et en l'absence des anciens décimés par la fièvre, ils se tournent vers Guetteuse-d'Etoiles, qui connait les signes du ciel.

Guetteuse-d'Etoiles, depuis la catastrophe qui s'est abattue sur les abris du Lac-du-Promontoire, n'est plus jamais allée passer la nuit sur son observatoire, à contempler les constellations qu'elle s'est imaginées dans le ciel, à parcourir la voie lactée, à s'exclamer à chaque étoile filante.

La nuée ardente qui a ravagé la vallée n'a pas atteint le sommet du Promontoire, mais comme une interdiction muette s'est imposée à elle de revenir observer les étoiles, lorsque de son belvédère, elle a assisté impuissante à l'ensevelissement des grottes sous les cendres et les ponces.

Elle n'est donc plus remontée vers les grandes pierres plates du sommet, là où elle avait passé tant de nuits à regarder la voûte étoilée et à rêver. Depuis, elle mène la vie diurne de ses compagnons, et elle boude le ciel dont elle n'a pas compris l'avertissement, lorsqu'elle a découvert l'Etoile-Chevelue, et qu'ensuite, presque une lune plus tard, la queue de la comète s'est divisée en deux.

Aujourd'hui, sous la pression de son mâle préféré Cherche-Miel, qui a quitté sa grotte lointaine du Lac-du-Haut, et devant l'insistance de Marche-Loin et de Soigne-Plantes, elle accepte de retourner vers son observatoire à la tombée du jour.

Elle exige d'y aller seule, et aborde l'ascension lorsque déjà l'horizon au-dessus de la Trouée se colore de pourpre.

Elle s'assoit sur la grande pierre noire, lavée par les averses du voile de cendres que le vent y avait déposé après la catastrophe, encore tiède de la touffeur du jour. Des vagues de souvenirs l'assaillent, et c'est plus l'émotion que l'ascension dans les rochers qui fait cogner son coeur si fort dans sa poitrine.

Quelques profondes inspirations, les yeux fermés, soulèvent ses mamelles fermes. Elle s'adosse, comme elle l'a tant fait naguère, au rocher irrégulier, et contemple l'horizon où le soleil se noie dans une mare de lave. Entre les nuages effilochés ourlés de sang, les derniers rayons dardent.

Quelque part, plus bas, un oiseau de nuit crie déjà, lugubrement.

Maintenant apaisée, Guetteuse-d'Etoiles repère les premiers points de lumière qui s'allument dans l'ombre qui gagne. La lueur sur le couchant éclipse encore l'écharpe pâle de la Voie lactée, mais déjà apparaît La-Blanche-qui-Suit-le-Soleil, qui se déplace parmi les Animaux-du-Ciel, ces constellations que Guetteuse-d'Etoiles, nuit après nuit, a inventées.

Plus loin, du côté de la main habile, oui, c'est la Rouge-qui-Glisse, qui depuis la dernière fois que Guetteuse-d'Etoiles l'a observée, a changé de constellation, pour se trouver maintenant au milieu de celle de l'Oiseau.

Plus près du pivot imaginaire autour duquel tourne lentement le ciel constellé, une étoile attire son regard. Elle brille intensément, alors que du côté du couchant, le ciel est encore lumineux. Intriguée, Guetteuse-d'Etoiles essaie de distinguer, dans l'obscurité encore imparfaite, le dessin des Animaux-du-Ciel, de placer cette intruse qu'elle ne reconnait pas.

La lueur au-dessus de la Trouée s'est maintenant éteinte, et l'obscurité s'est faite. La Voie Lactée, d'horizon à horizon, se détache distinctement sur le fond noir, et les étoiles scintillent.

Guetteuse-d'Etoiles regarde encore, et sa stupéfaction est complète.

Ceci est un signe. Une nouvelle étoile brille intensément là, au milieu de la constellation de l'Hipparion, là où il n'y avait rien ! Serait-ce une nouvelle Etoile-Chevelue? Aucune trainée lumineuse ne l'accompagne, pourtant…

Jusqu'au matin, Guetteuse-d'Etoiles qui ne parvient pas à s'assoupir, est agitée par un tumulte de pensées, de craintes, d'interrogations.

Lorsque le soleil pointe derrière les montagnes, elle s'endort enfin, pour être réveillée en sursaut quelques instants plus tard par Cherche-Miel venu, inquiet, prendre de ses nouvelles. Elle peine, avec les mots qu'ils ont appris chacun de la langue de l'autre, elle lui faire comprendre ce qui la bouleverse tant.

A son retour au Lac-Immense la voici pressée de questions, mais elle se refuse à toute déclaration. Il lui faut d'autres nuits d'observation, leur dit-elle, avant de s'avancer à donner, pour l'avenir, l'oracle des étoiles.

Les nuits suivantes, Cherche-Miel, que Guetteuse-d'Etoiles écarte superstitieusement du promontoire, se poste sur le sommet de l'Ile-Refuge. Là aussi, la vue est dégagée sur le ciel et n'est pas occultée par le versant des montagnes.

Après s'être entêtée une nuit encore à retourner sur le Promontoire, et devant l'insistance de Cherche-Miel, Guetteuse-d'Etoiles se rend à la raison et c'est ensemble, depuis l'Ile-Refuge, qu'ils suivent, dès l'obscurité venue, l'évolution de la supernova. Sa luminosité leur semble, nuit après nuit, augmenter encore. Et contrairement à l'Etoile-Chevelue qui a annoncé les éruptions des volcans, et qui s'est progressivement déplacée par rapport aux étoiles, la Nouvelle-Etoile reste immobile, comme clouée au milieu de la constellation de l'Hipparion.

Ceux-qui-Sont-Debout s'impatientent. Que se passe-t-il ? Ils comprennent, pour l'avoir vu, eux aussi, qu'un signe est apparu dans le ciel. Ils veulent de savoir.

Enfin, un matin alors qu'ils descendent, les membres las, de leur observatoire, Guetteuse-d'Etoiles et Cherche-Miel annoncent qu'un changement doit survenir pour Ceux-qui-Sont-Debout.

La nouvelle étoile leur est apparue comme le nouveau lac est apparu aux explorateurs. Elle leur dit de conquérir ce nouveau lac, d'envoyer des colons vers les Montagnes-Inconnues, de s'installer là-bas, dans la vallée du Lac-des-Galets-qui-Tranchent.

Non, disent-ils, aucune catastrophe n'est annoncée, la Nouvelle-Etoile n'est pas comme l'Etoile-Chevelue, annonciatrice de malheur : elle n'a pas de queue, elle ne bouge pas.

La nouvelle se propage immédiatement jusqu'aux abris sur le Rocher, et au-delà, sur la pente de la Montagne-Crépuscule, en face du Lac-Immense.

Le grand départ

Toutes leurs disputes s'éteignent immédiatement. C'est le ciel qui décide, disent-ils, et eux, Ceux-qui-Sont-Debout, Peuple-du-Sel et Peuple-des-Pierres confondus, unis et solidaires, vont suivre une destinée commune.

Le consensus est soudain, comme si tous attendaient depuis longtemps qu'une décision venue d'en-haut fasse taire leurs dissensions.

Sans plus tarder, Ceux-qui-Sont-Debout se préparent. Le choix de rester ou de partir est facile pour certains : Ceux dont la santé est fragile ne risqueront pas un voyage éprouvant. Les mères allaitant des nourrissons et celles qui sont grosses resteront elles aussi au Lac-Immense. Quelques adultes vigoureux resteront avec elles, dont le statut sera renforcé par le départ de concurrents. La place ne manquera plus dans les abris, ils pourront retrouver le confort d'antan. Les ressources du lac et de la forêt seront à partager entre moins de bouches.

Aussi, ils assureront les échanges avec ceux des leurs installés aux Lacs-des-Collines, et l'acheminement du sel.

Guetteuse-d'Etoiles convainc Cherche-Miel de rester avec elle au Lac-Immense. Bientôt, lui dit-elle, le Lac-du-Promontoire revivra, et l'abri sur la pente redeviendra habitable. C'est là qu'elle veut vivre, tout près de son observatoire nocturne.

D'autres parmi Ceux-qui-Sont-Debout prennent résolument la décision de partir.

Longues-Jambes et Oeil-Bleu, bien sûr, les découvreurs du nouveau lac, mais aussi ceux du Peuple-du-Sel qui ont eu du mal à se sentir acceptés dans les grottes du Lac-Immense. Pieds-Rapides emmènera Longs-Cils. Jolies-Fesses et Marche-Loin seront eux aussi du voyage, ainsi que Fleurs-Cheveux, Grands-Yeux, Crie-entre-ses-Doigts et Boule-Cheveux.

Ils emporteront du sel, quelques Champignons-du-Rêve, la grande conque de Pieds-Rapides, et juste assez de Galets-qui-Tranchent pour les besoins du voyage. Là-bas, ils trouveront en abondance les obsidiennes dont ils auront besoin, et suffisamment pour en rapporter vers le Lac-Immense, lorsque des voyageurs reviendront.

Le soir, Longues-Jambes et Oeil-Bleu sont très sollicités, et racontent du mieux qu'ils peuvent le lac au pied des volcans éteints, l'eau claire, les roseaux pleins d'oiseaux, les belles grottes bien sèches et faciles à défendre. A la demande répétée de Fleurs-Cheveux, ils racontent encore et encore les grandes lianes couvertes de fleurs rouges, les grands oiseaux blancs sur le lac, et les Insectes-Etoiles qui s'allument la nuit dans les fourrés.

Après le coucher du soleil qui précède le grand départ, tous ceux qui le lendemain prendront le chemin des Montagnes-Inconnues, comme mus par une volonté collective, s'amassent au sommet de l'Ile-Refuge. Dans un silence que ne perturbent que le chant des grenouilles et le cri, parfois, d'un oiseau dans les joncs, ils contemplent l'Etoile-Nouvelle qui brille comme un clou d'argent dans la constellation de l'Hipparion.

Ils partent tôt, et après avoir passé la Trouée et traversé le lac, ils remontent la rivière qui descend de la montagne, entre le Promontoire et la Montagne-Crépuscule.

Les eucyons les ont regardé partir, et Croc-Brisé, assis sur son arrière-train, a jappé et pleuré, puis hurlé, les yeux clos, le cou tendu.

Ils ne les ont pas suivis, comme s'ils savaient déjà que là-bas, le terrain est trop accidenté pour eux, et qu'il n'y a pas de grands espaces, de savane où courent des troupeaux qu'ils peuvent chasser.

C'est le coeur gros et les yeux humides que les voyageurs quittent ceux qui restent.

La grande aventure commence.

Le Lac-des-Galets-qui-Tranchent

Ils arrivent un matin à la grande cascade, dans laquelle s'écoule, aux dires de leurs guides Oeil-Bleu et Longues-Jambes, le trop-plein du beau lac qu'ils sont venus coloniser.

Le voyage a été rude, et ils ont du déplorer la perte de Grands-Yeux, tombé dans un ravin. Ils ont retrouvé son corps brisé sur les rochers en contrebas. Oeil-Bleu l'a secoué en vain.

Ils sont restés tristement à ses côtés quelques moments, puis l'ont laissé là.

Ils sont chargés, ils ont apporté un sac de sel, quelques obsidiennes, et Pieds-Rapides n'a pas quitter sa conque, qui a voyagé en équilibre sur son épaule, malgré la fatigue et les aléas du chemin.

Crie-entre-ses-Doigts, la veille, s'est tordu une cheville. L'entorse est enflée. Jolies-Fesses a trouvé quelques plantes qui guérissent qu'elle a écrasées entre deux pierres, puis mâchées pour en faire une pulpe qu'elle a appliquée sur la peau violacée et maintenue toute la nuit par un lacis de feuilles.

Crie-entre-ses-Doigts qui ne peut que progresser lentement, sera incapable d'escalader le rocher à côté de la cascade pour en atteindre le sommet là où le lac s'y déverse.

Longues-Jambes et ceux qui sont trop chargés pour grimper l'accompagnent sur un long détour moins pentu. Lorsqu'ils arrivent au bord du lac, ceux qui sont montés par la voie escarpée la plus courte les attendent, assis les pieds dans l'eau sur un rocher.

Ils sont en train de manger des grenouilles et un gros poisson au ventre blanc. Devant eux, une immense cuvette presque conique et boisée enserre le lac d'eau claire. Sur un ciel limpide se découpent les silhouettes des volcans noirs qui entourent la vallée. Par endroits, des champs de roseaux bordent la rive, tandis qu'ailleurs, les rochers vont jusque dans l'eau. Un vol d'oiseaux innombrables, que Ceux-qui-Sont-Debout ont dérangés, tournoie encore, puis se pose plus loin.

Sur les pentes, visibles là où les arbres sont plus clairsemés, s'étire le ruban blanc des cascades qui convergent vers le lac.

Les voyageurs sont en extase. Ils parlent peu, regardent, s'imprègnent du panorama, clignent des yeux dans la grande lumière, en essayant, dans l'air chaud qui tremble au-dessus de l'eau, de distinguer les détails de la rive opposée.

Pieds-Rapides, les yeux perdus dans le vague, est assis tout contre Longs-Cils, dont il palpe distraitement le nombril. Sous ses doigts, dans le ventre qui depuis quelques temps s'arrondit, palpite déjà la promesse d'un enfant.

Oeil-Bleu, le premier, s'arrache à la torpeur et la passivité qui les gagne. Il y a tant à leur montrer ! La troupe reprend sa marche, et suit la rive en remontant insensiblement vers les rochers, jusqu'à un ensemble d'abris qu'Oeil-Bleu et Longues-Jambes ont découverts lors de leur exploration. Les voilà suffisamment haut pour surveiller l'ensemble du lac, dont la rive opposée se perd dans une brume de chaleur. Ils ne voient pas trace d'archeopotamus. Longues-Jambes leur assure que le lac est également exempt de crocodiles.

Les quelques abris demandent à être aménagés, débarrassés des broussailles qui en encombrent l'accès, vidés des roches éboulées et de la terre que des ravinements anciens ont apportée.

Tandis que la journée s'avance, la vie s'organise : Certains vont à la recherche de feuillages, de mousses et de fougères pour en confectionner des couches qu'ils disposent au fond de l'abri, là où le sol est suffisamment lisse et égal pour pouvoir y dormir.

Une petite bande descend jusqu'à l'eau pour y pêcher, tandis que d'autres s'égaillent entre les arbres, à la recherche de végétaux comestibles.

Lorsque vient le soir, ils reviennent tous vers les grottes, apportant qui des branches chargées de fruit, qui des gros rongeurs abattus à coups de pierres, qui encore des poissons ventrus.

Fleurs-Cheveux, Jolies-Fesses et Longs-Cils reviennent toutes excitées, les épaules chargées de colliers de lianes couvertes de grandes fleurs rouges et orangées. En minaudant et en riant, elles en accrochent au cou des mâles, les taquinent, tournoient et se bousculent.

Dans l'obscurité du nouvel abri, les couples murmurent, rient et gémissent, puis enfin tous s'endorment, y compris les fanfarons qui ont prétendu être capables de veiller.

Regarde-Lune

En contrebas, le Lac-des-Galets-qui-Tranchent est déjà noyé d'ombre. Les sommets alentour se découpent sur le ciel pur d'un bleu profond, silhouettes noires qui masquent l'horizon. Du côté du couchant, cependant, la sérénité de la voûte céleste est chamarrée de jaune, de cramoisi et de pourpre par un soleil de feu qui n'en finit pas de se coucher. Comme chaque soir depuis longtemps, Regarde-Lune a patiemment gravi la pente tourmentée du volcan pour s'élever au-dessus de la surface tranquille du lac, suffisamment haut pour que la vue, dégagée, lui permette d'embrasser la presque totalité du ciel.

Devant elle s'étend la grande cuvette ceinte de volcans sombres, le grand lac nourricier, le monde qu'elle connait depuis qu'elle a vu le jour, et qu'elle n'a que brièvement quitté pour participer aux chasses que, parfois, Ceux-qui-Sont-Debout organisent dans les montagnes.

Regarde-Lune est maintenant assise sur la grande pierre plate qu'elle a choisie comme observatoire.

Tout là-bas, dans la pente qui descend vers le lac, en haut du sentier que le piétinement quotidien de Ceux-qui-Sont-Debout a tracé, aux entrées des abris, les siens s'affairent, palabrent, mangent, jouent. Les mères allaitent leurs petits, les mâles patrouillent les alentours, vérifient que la provision de projectiles est suffisante pour repousser un fauve qui pourraient agresser la horde.

Durant le jour, ils ont parcouru le lac, rabattu en vain des singes dont ils convoitent les peaux, ratissé une roselière pour collecter les oeufs des grands échassiers blancs et noirs qui y nichent.

Quelques mâles sont allés ramasser et trier des Galets-qui-Tranchent, sur la pente du Volcan-Brun, de l'autre côté du lac. Depuis plusieurs lunes déjà, le Peuple attend les autres, ceux du Lac-Immense, qui doivent venir leur apporter du sel, et qu'eux-même auront obtenu de ceux des collines. La horde s'impatiente, car la réserve de sel se fait maigre, et les anciens, les vénérables, Longues-Jambes, Boule-Cheveux, rationnent le précieux condiment. Le Peuple a depuis longtemps préparé de superbes obsidiennes noires et luisantes pour les troquer contre le sel et contre les Champignons-du-Rêve tant attendus.

Regarde-Lune pense à tout cela tandis que la nuit tombe et que les étoiles s'allument. Elle pense à sa mère Longs-Cils dont les cheveux blanchissent déjà, et au vieux mâle qui prend soin d'elle, Pieds-Rapides, celui qui sonne la conque lorsqu'il faut rameuter Ceux-qui-Sont-Debout dispersés autour du lac. Les yeux en amandes et les cils interminables de Regarde-Lune, son grand nez, ses mains palmées rappellent ceux de sa mère. L'esprit de Pieds-Rapides a dû souffler sur elle, car elle tient de lui la grande stature, et les cheveux crépus qui lui fond comme une couronne.

Le soleil a agonisé sur l'horizon, et il ne reste qu'une trainée plus claire du côté du couchant.

Les étoiles scintillent maintenant dans un ciel sans nuages et sans lune.

Dans l'obscurité presque totale de la nouvelle lune, la grande bande laiteuse de la Voie Lactée barre d'horizon à horizon un ciel d'encre, piqueté de la multitude des étoiles.

Les yeux de Regarde-Lune, exercés par toutes ces nuits d'observation, parcourent minutieusement le champ familier des astres, dont elle a, au fil du temps, mémorisé les dessins. Elle nomme, à sa manière, les étoiles les plus lumineuses, celles qui sont floues, celles qui voyagent.

Elle pointe du doigt et chuchote les noms des Animaux-du-Ciel, les constellations que les anciennes lui ont enseignées: l'Oiseau, l'Ecrevisse, la Libellule, et bien d'autres.

De nuit en nuit, elle suit la course des Etoiles-qui-Bougent, celles, peu nombreuses, qui ne restent pas fixes dans les Animaux-du-Ciel : La-Blanche-qui-Suit-le-Soleil, La-Rouge-qui-Glisse, la Rose-qui-Voyage.

Un oiseau de nuit hulule tout près, qui la fait sursauter. Malgré la tiédeur de la nuit, elle frisonne un peu. Le temps s'étire et son esprit vagabonde, elle repense aux jeunes mâles qui se pressent autour d'elle lorsqu'elle va se baigner dans le lac ou jouer dans la chute d'eau. Elle revoit la cascade qui tombe de la falaise, le brouillard moite des gouttelettes dans l'air immobile, qui remontent très haut le long de la paroi, et qui, dans la direction opposée au soleil bas, offre l'apparition irréelle d'un arc-en-ciel irisé. Elle se souvient d'avoir alors crié pour rameuter ses amies et partager le spectacle magnifique.

La nuit calme et sans nuages n'est plus animée maintenant que, de temps en temps, par le passage fugace d'une étoile filante. A chaque fois, Regarde-Lune la suit du regard, guette la suivante, attend, jusqu'à ce que son attention s'estompe.

Plus rien ne se passe, les bêtes de la nuit se sont tues. La voûte des étoile très lentement pivote, et une douce somnolence s'empare de Regarde-Lune. Imperceptiblement, le dos au rocher, la tête rejetée en arrière, elle sombre dans le sommeil.

Ce sont les oiseaux du matin qui s'agitent en contrebas, dans les grands nids perchés en haut des arbres, qui la réveillent. L'horizon derrière elle est déjà tenté de rouge, et les premier rayons dardent sur les sommets, tandis qu'à ses pieds la vallée reste encore plongée dans la pénombre.

Regarde-Lune s'étire, masse son épaule ankylosée par la pression inconfortable sur le rocher qui lui a servi de dossier. Elle change de position pour contempler le soleil levant, qui émerge, disque cramoisi et écrasé, de derrière la montagne.

Bientôt la boule incandescente, encore vermillon, se détache de l'horizon, tandis que s'étalent les trainées pourpres de la brume dans le lointain.

Regarde-Lune, les sourcils froncés dans la lumière qui se fait plus vive, les yeux mi-clos, ne quitte pas des yeux la splendeur du levant.

Les rares nuages bas prennent maintenant des couleurs orangées, et le ciel peu à peu bleuit.

Mais voilà que Regarde-Lune cligne des yeux, se les frotte de ses points serrés, comme pour en chasser des poussières. Elle fixe à nouveau le spectacle sous ses yeux.

Elle a vu juste. Quelque chose d'anormal se déroule, devant elle. Le bord du disque rouge du soleil est comme rogné, entamé, comme si une ombre s'interposait devant lui.

Son esprit ne parvient pas à accepter ce que ses yeux lui montrent : D'instant en instant, une forme noire mange davantage la boule de feu dans le lointain.

Et bientôt n'en reste qu'un étroit croissant dont la lumière, alors qu'il s'élève dans le ciel, devient plus vive et passe du rouge à l'oranger, puis au jaune.

Regarde-Lune est comme tétanisée. Elle sent, dans son dos, malgré la fraicheur du matin et la petite brise qui s'est levée, une sueur aigre dégouliner. Sa respiration est devenue laborieuse, et elle entend cogner le sang dans ses tempes.

Le soleil malade est maintenant suffisamment haut dans le ciel pour que Ceux-qui-Sont-Debout, en bas dans la vallée, puissent le voir.

Mais il disparait peu à peu, et l'aube qui revivifiait la vallée se transforme à nouveau en crépuscule.

Des clameurs montent des bords du lac. Maintenant, le martèlement du Tambour-de-Bois, juste en contrebas de l'observatoire de Regarde-Lune, alerte tous ceux qui n'ont pas encore vu le soleil agonisant. De tous les abris disséminés autour du lac monte la clameur sourde des batteurs, qui frappent, de plus en plus frénétiquement, les grands troncs couchés.

Le soleil a complètement disparu, et ne subsiste de lui, là où il aurait du briller si fort que les regards ne peuvent pas en soutenir l'éclat, qu'une couronne très ténue festonnée de petits points de lumière, comme des gouttelettes de rosée sur le bord d'une feuille.

Les cris redoublent autour du lac, et les conques barrissent. La nuit est retombée sur la vallée et le Peuple a peur, car le soleil est mort, et la vie, soudain, est comme suspendue.

Quelque instants plus tard, cependant, sur le bord du disque noir, un mince filet de lumière éclatante apparait, qui s'épaissit à vue d'oeil.

Lentement, la lumière revient, comme une seconde aurore, une renaissance, comme un nouveau-né expulsé du ventre de sa mère.

Les tambours et les cris redoublent. Regarde-Lune, la poitrine douloureuse et le coeur battant, reprend, soulagée, quelques profondes inspirations. C'est maintenant entre ses doigts qu'elle tente de fixer le nouveau soleil qui l'aveugle.

Et la journée reprend son cours comme si rien ne s'était passé, et les oiseaux se remettent à chanter.

Regarde-Lune, celle qui sait le ciel, n'oubliera jamais qu'elle a cru voir mourir le soleil.

Les anciens en parleront longtemps, eux qui racontent que chaque fois qu'un changement important est advenu à Ceux-qui-Sont-Debout, le ciel le leur a signifié.

Ce qui s'est passé ce matin dépasse toute les merveilles que les anciens ont racontées : une nouvelle étoile qui brille très fort, une autre, chevelue, qui traverse le ciel…

Ce matin, le soleil a failli mourir. L'éclipse leur a dit que le monde vient de changer.

Regarde-Lune doit parler aux anciens.

Que va devenir le Peuple ?

Ce livre a été imprimé par BoD-Books on Demand, Norderstedt, Allemagne

Dépôt légal : mai 2017